Creato con Vellum

IL GUARDIANO

LA BRATVA DI CHICAGO
LIBRO UNDICI

RENEE ROSE

Traduzione di
EMA FERRARI

OTTIENI IL TUO LIBRO GRATIS!

Iscrivetevi alla newsletter di Renee per ricevere Indomita, scene bonus gratuite e notifiche riguardo a nuove pubblicazioni!

https://subscribepage.com/reneeroseit

INDICE

PROLOGO

Kira, 13 anni

SENTII BUSSARE INSISTENTEMENTE alla porta d'ingresso.

Avevo addosso la camicia da notte e mi stavo lavando i denti per andare a letto.

Mio padre era scomparso da due giorni. Non era una cosa insolita. Aveva le sue dipendenze: l'alcol. Il gioco d'azzardo. Qualche truffa minore.

Ma a differenza di nostra madre, era un genitore decente. Quando era a casa, rideva e scherzava con noi. Poteva infrangere ogni promessa che faceva, ma almeno ci rivolgeva delle attenzioni. Nostra mamma era chiusa nella sua stanza, come sempre a quell'ora della notte. Era un fantasma vivente. Si era abituata a controllarsi emotivamente vivendo con nostro padre, immaginavo. Lavorava per pagare l'affitto e mettere del cibo in frigorifero ma, per il resto, era a malapena attiva.

Corsi in salotto.

«Kira, vieni qui!» Mia sorella, Anya, che aveva diciassette anni e si comportava come una madre per me più di quanto non facesse la nostra, prese un coltello da macellaio dalla cucina. La porta si spalancò e il nostro squallido appartamento si riempì di uomini tatuati.

Bratva. La *mafia* russa. Avevo sentito mio padre parlare di loro, ma non li avevo mai visti prima. Tuttavia, non avevo alcun dubbio che fossero loro. Volai al fianco di mia sorella, dietro la protezione del suo coltello da macellaio. Nostra madre non uscì nemmeno dalla sua stanza. «Grigor. Dov'è?» chiese uno di loro. Stavano cercando nostro padre. Sapevo che faceva affari con la bratva. Certo, non sapevo che tipo di affari. Forse era con loro che giocava d'azzardo.

«P-perché? Che cosa ha fatto?» chiesi.

«È in debito con noi, e siamo venuti a riscuotere.»

«Beh, non è qui» disse Anya.

Uno di loro avanzò. Arricciò il labbro superiore. Non mi piaceva il modo in cui guardava le mie gambe nude. Il seno di mia sorella. *«Dov'è?»*

«Non lo sappiamo!» gridò Anya. «Se n'è andato da due giorni.»

«Prendete la più grande» disse un uomo con tono tranquillo. Doveva essere il capo perché gli uomini si fecero avanti per obbedire. Uno di loro mi puntò una pistola alla fronte, ma parlò a mia sorella. «Vieni senza creare problemi o il cervello della tua sorellina si sparpaglierà sul pavimento.»

Anya, scioccata, si sottomise, lasciando che un altro uomo le togliesse il coltello dalla mano e la afferrasse saldamente per il braccio.

«Non puoi prenderla!» Non stavo implorando, stavo gridando. Come se avessi avuto il potere di persuaderli.

«Stai zitta» disse il leader, e l'uomo con la pistola sbatté il calcio contro la mia testa. Tutto divenne nero. Quando mi svegliai, Anya non c'era più.

* * *

MAYKL, 13 anni

Rimasi in piedi, la pistola mi tremava nella mano sudata. Il respiro raspava dentro e fuori in forti singhiozzi. Avevo usato quella stessa pistola quattro giorni prima per uccidere mio padre. Era stata una situazione in cui o uccidevo o venivo ucciso, ma ci stavo ancora male. Ero ancora sotto shock. Da allora avevo dormito a malapena la notte.

Ero grato che la bratva si fosse presa cura di tutto. Si era sbarazzata del corpo. Mi aveva dato un posto dove stare. Mi aveva messo dei soldi in tasca. Era stato Peter, uno dei capi minori, a darmi la pistola all'inizio.

«Per proteggerti» mi aveva detto quando erano venuti all'autofficina di mio padre e aveva visto i lividi sul mio viso.

Ora, però, quello che mi chiedeva era troppo.

«Questo è il modo in cui devi dimostrare la tua lealtà, Maykl. Vuoi unirti alla fratellanza?»

Fissai l'uomo ai miei piedi: era stato picchiato. Aveva perle di sudore lungo l'attaccatura dei capelli biondi unti. Gli occhi azzurri erano gonfi di terrore. Il respiro raspava dentro e fuori ad un ritmo rapido. «*Niet... niet*» supplicò.

Volevo unirmi alla fratellanza. Piuttosto disperatamente. Pensavo di essere già dentro. Non sarei sopravvissuto senza di loro. Sarei finito in prigione per aver ucciso mio padre.

«Riprendete mia figlia! Sfruttatela» supplicò l'uomo.

«Ci siamo già stancati di lei» disse Peter.

«La più giovane, allora.»

«È facile» mormorò Peter dietro di me. «Basta premere il grilletto. Questo tizio avrebbe venduto le sue figlie. È feccia.»

Smisi di pensare. Non avevo altra scelta. Premetti il grilletto...

E lo mancai.

«Di nuovo, Maykl» disse Peter con pazienza. «Proprio tra gli occhi. Puoi farcela.»

La seconda volta non lo mancai. Un colpo netto in testa.

Morì sul colpo.

Grigor Koslov. Memorizzai il suo nome mentre mi tatuavano la pelle per commemorare il crimine.

Il mio primo omicidio per conto della bratva.

Il primo di una lunga serie.

CAPITOLO UNO

SEDICI ANNI DOPO

Kira

Mi trovavo nell'obitorio della contea di Cook e guardavo il corpo devastato di mia sorella. Un'ondata di nausea mi attraversò, anche se mi ero preparata a quella scena. Era pelle e ossa, si era ridotta a uno scheletro molto prima che la cogliesse l'overdose. Le braccia erano coperte di segni di aghi.

Questa era la conclusione di un'altra vita rovinata dalla bratva.

Il secondo membro della famiglia che avevo perso per mano loro.

Avevo dormito a malapena sull'aereo dalla Russia, ma vedere la figura orribile di Anya dipanò all'istante la nebbia nel mio cervello e mi portò un urgente senso di finalità: avevo bisogno di ritrovare mio nipote. Ero venuta fin qui per riportarlo a casa con me. Era quello che avrei dovuto fare anni fa. Ero ancora una studentessa quando Anya se ne era andata con Mika, ma l'avevo pregata di lasciarlo con me. Sapevo già che il futuro luminoso su cui fantasticava per loro qui non si sarebbe avverato.

«È lei» dissi all'addetto all'obitorio. Avevo iniziato a imparare l'inglese il giorno in cui era partita con Aleksi, il suo cliente. O fidanzato. O comunque si potesse chiamare il delinquente della bratva che pagava per il sesso e trattava le donne di merda. Supponevo di aver sempre saputo che questo giorno sarebbe arrivato. Ero grata di poter capire e parlare inglese abbastanza bene da cavarmela, ora.

«Cosa vuole fare con il corpo?» chiese l'addetto dell'obitorio.

«Io... non lo so ancora.»

«Ha ventiquattro ore per decidere. Mi dispiace metterle fretta, ma è qui già da tre giorni e abbiamo bisogno di spazio» mi disse l'inserviente dal naso aquilino.

Era abbastanza gentile. Aveva cercato di mettermi in guardia dal vedere effettivamente il corpo, consigliandomi di identificarla solo attraverso una fotografia, ma io avevo rifiutato. Respinsi la montagna di dolore che minacciava di schiacciarmi. Quello non era il momento di piangere Anya. Non potevo ancora concedermi il lusso di piangerla. E decidere che fare con il corpo di Anya era l'ultima delle mie preoccupazioni in quel momento.

«Va bene. Prenderò una decisione. Grazie.»

La visita successiva fu alla stazione di polizia per incontrare l'agente che aveva firmato i documenti quando Anya era stata portata dentro.

«Sono un poliziotto anche io» gli dissi nella speranza che si dimostrasse più utile di quello che mi aveva chiamata in Russia. Gli mostrai il mio distintivo della *Politsiya Rossii.*

«Non hai idea di dove potrebbe essere suo figlio?» Il poliziotto attempato, l'agente Green, scosse la testa.

«La chiamata al 9-1-1 proveniva da un'altra drogata che viveva con lei nella casa del crack. Non abbiamo indagato, poiché la causa della morte è stata ovviamente un'overdose.»

«Posso avere l'indirizzo della casa, per favore?»

«Certo. Dici che ha un figlio? Di quanti anni?»

L'emozione che era mancata nel vedere mia sorella morta improvvisamente mi inondò di dolore per la perdita di Mika. Il mio dolce nipotino. Il ragazzino che avevo cullato, nutrito e a cui avevo insegnato a camminare. Il bambino che avevo cresciuto quando ero solo un'adolescente. «Dovrebbe averne... quindici ora.»

«E il padre?»

Scossi la testa. Chissà quale *mudak* della bratva aveva effettivamente generato Mika. Avrebbe potuto essere uno qualsiasi tra tutti quelli che se l'erano passata come pagamento del debito di nostro padre.

«Non ha nessun padre.» Una madre drogata. E questo ragazzino da solo, che viveva in una terra straniera. Era una cosa orribile. Avevo cercato di trovarli entrambi da quando avevo perso i contatti con Anya più di quattro anni fa, ma nonostante i miei legami con la polizia, non avevo trovato nulla. Il senso di colpa mi strinse l'intestino. Avrei dovuto fare di più. Ora avrei fatto tutto per bene. Non me ne sarei andata finché non avessi trovato mio nipote.

Mi impegnai molto per evitare che mi tremasse la voce. «Ho cercato mia sorella e mio nipote per diversi anni. Vorrei presentare una denuncia di scomparsa del ragazzo.»

«Va bene. Possiamo controllare il database alla ricerca di qualsiasi informazione su di lui. Vediamo se spunta nel sistema» disse l'agente Green. Mi portò alla sua scrivania dove si sedette dietro un computer per inserire il rapporto.

«Grazie.» Sapevo già che non avrebbe trovato nulla. Avevo richiesto dati su entrambi per anni, ed era così che mi avevano contattato quando avevano trovato mia sorella morta. L'agente Green compilò il rapporto sulla persona scomparsa e annotò l'indirizzo della casa del crack.

«Il visto turistico di tua sorella è scaduto anni fa. Che cosa l'ha portata qui tanto per cominciare?»

Emisi un respiro lungo e costante. «La bratva.»

«*Mafia* russa?»

«Sì.» Il poliziotto fece una smorfia. «Il ragazzo potrebbe trovarsi con loro? È abbastanza grande, potrebbe far parte dell'organizzazione ormai.»

Annuii. «Esattamente quello che penso io, ma la maggior parte di quegli uomini sono morti diversi anni fa in una sparatoria.»

L'agente Green aggrottò le sopracciglia e annuì. «Me lo ricordo. Una sorta di guerra di mafia con gli italiani.»

«Sai se qualcuno di loro è sopravvissuto?»

Scosse la testa. «Non ne ho idea. Ma la roccaforte della bratva è giù sulla Lake Shore Drive. Possiedono un intero grattacielo, il quartiere lo chiama il Cremlino. Potresti iniziare da lì. Da quello che so è una specie di ambasciata per qualsiasi russo bisognoso, quindi potresti presentarti e fare la vaga, sai? Nascondi quel tuo distintivo e di' loro che hai bisogno di un posto dove stare. Ho sentito che affittano solo ai russi e a un tasso agevolato.» Fece spallucce. «È solo un'idea.»

Avrei preferito entrare con una pistola in ogni mano e perquisire ogni stanza fino a quando non avessi avuto una risposta, ma sapevo che non sarei durata nemmeno un minuto. L'agente Green aveva ragione. Per avere successo, avrei dovuto provare a muovermi sotto copertura. In modo da trovare Mika e ottenere abbastanza informazioni da abbattere l'intera operazione. Se non riuscivo a farcela tramite la polizia americana, allora dovevo provare con la bratva russa. Potevo provare a metterli l'uno contro l'altro e scatenare una guerra.

«Sa in che tipo di crimini sono coinvolti? Prostituzione? Droga, forse?»

L'agente Green si tolse il berretto della divisa e si grattò la testa. «Sono sicuro che sono coinvolti in tutto, ma a parte un'accusa di incendio doloso dell'anno scorso, sono rimasti assolutamente puliti.» Mi prese il foglio dove aveva scritto l'indirizzo della casa del crack e scrisse l'indirizzo dell'edificio della bratva e un numero di telefono. «Questo è il mio numero. Se trovi qualcosa che vale la pena di segnalare, chiamami. Non metterti in pericolo. So che sei un poliziotto e puoi gestirti, ma sono sicuro che capisci che questi uomini sono estremamente pericolosi. Inoltre, devo ricordarti che questa non è la tua giurisdizione. Qualsiasi arresto dovrà passare per il mio dipartimento o per l'FBI. È chiaro?»

Annuii. «Ho capito.»

Mi restituì il foglio. «Buona fortuna.»

«Grazie.» Mi alzai e tesi la mano per stringere la sua.

Fissò il suo sguardo preoccupato sul mio. Sapevo a cosa stava pensando. A cosa avrebbe fatto la bratva con una donna attraente come me se le cose fossero andate storte. «Stai molto attenta.»

«Io non ho paura» gli dissi. Avrei usato la mia bellezza a mio vantaggio, se necessario. Considerato come la bratva trattava le donne, mi avrebbero comunque vista come nient'altro che un oggetto. Mi spostai i capelli dagli occhi. «Farebbero bene loro ad averne.»

* * *

Maykl

Me ne stavo dietro la mia scrivania a guardare mentre degli estranei vagavano nel nostro edificio durante gli orari di apertura al pubblico di Kateryna. Il suo studio, Kremlin Clay, aveva uno spazio aperto dove una volta al mese lei e un gruppo di altri ceramisti vendevano i loro prodotti.

Mi occupavo della sicurezza del nostro edificio, quindi avevo uomini di stanza in tutto il primo piano per assicurarmi che nulla andasse storto. Il mio *pachan,* Ravil, aveva assunto Leo, un diciassettenne russo-americano che viveva nell'edificio, come portiere mentre io tenevo d'occhio tutti da dietro la scrivania.

«Benvenuti all'Open House.» Leo parlava un inglese impeccabile, essendosi trasferito qui da bambino. Non era un membro della bratva – almeno, non ancora. Viveva nell'edificio con la madre single. Ravil gli aveva dato un lavoro – con un salario molto generoso – per aiutarli. Non era solo un *pachan* per la bratva. Si considerava una sorta di leader tribale per tutti nell'edificio.

«Lo studio è appena oltre gli ascensori sulla sinistra.» Leo indirizzò una giovane coppia. Indossavo giacca e cravatta, i miei tatuaggi erano per lo più coperti, a parte quelli che mi salivano su per il collo. Cercai di evitare che la consueta aria minacciosa e il sospetto mi si manifestassero in volto, pur continuando a monitorare ogni loro mossa.

Era mio compito valutare il pericolo in quel punto di ingresso. Ero il guardiano. Il tizio che teneva lontane tutte le minacce dai nostri occupanti, specialmente dal nostro *pachan*.

Le telecamere di sicurezza erano attive, registravano tutto. Le porte che davano sulla tromba delle scale erano bloccate dall'esterno. Nessuno poteva prendere un ascensore senza una chiave magnetica. Vedevo tutti quelli che entravano o uscivano dai bagni.

Nikolai, Oleg e Adrian erano all'interno dello studio, armati ed estremamente pericolosi. Tuttavia, questo livello di intrusione in quella che normalmente era una fortezza impenetrabile mi aveva messo in difficoltà.

Nikolai e Chelle uscirono nell'atrio dell'edificio con dei bicchieri di champagne in mano. Notai che il drink di Nikolai sembrava intonso. Poteva apparire disinvolto, ma era in servizio come me. Chelle mise un piattino di antipasti sul bancone per me. «Nikolai ha detto niente alcol per te, ma ti ho portato degli snack.»

Mi schiarii la gola cercando di non sembrare troppo grato perché Nikolai, che normalmente era rilassato, diventava irrazionalmente geloso della sua fidanzata. «Grazie.»

«Quanti ne sono passati?» chiese Nikolai, sapendo che dovevo avere in testa il numero esatto. «Quarantanove dentro, ventidue fuori» riferii.

Chelle sembrò delusa. Era una pubblicitaria della più importante società della città e aveva organizzato un blitz sui social media per pubblicizzare l'open house di quella sera. «Beh, c'è ancora un'altra ora.»

Personalmente, pensavo che ci fossero molti presenti. Più di quanti mi piacesse dover tracciare.

«Non c'è quasi più nulla da comprare» la consolò Nikolai, con una mano possessiva piazzata sulla schiena di Chelle.

Anche se stavano insieme da alcuni mesi ormai, non mi ero abituato a questa versione addomesticata di Nikolai. Né a quella di nessuno dei miei fratelli che ora si trovavano in coppia.

La rottura di Ravil con il codice bratva che proibiva il matrimonio e le relazioni sembrava la cosa più pericolosa che avesse mai fatto.

Vedere i miei fratelli accoppiati, vederli innamorati, mi lasciava di stucco.

Avevo già visto in passato quanto le donne li rendessero irrazionali. Quanto le femmine offuscassero il loro giudizio e influenzassero il loro processo decisionale. Soprattutto, mi creava una sorta di vuoto graffiante nel profondo. Mi alimentava un dubbio: come sarebbe stato per me rivendicare una donna? Avere qualcuno di morbido e bello che mi riscaldava il letto?

Non che non portassi delle donne a casa a volte. Riuscivo a soddisfare i miei basilari bisogni sessuali.

Ma trovare una compagna era qualcosa di diverso. La sola idea mi creava del disagio. Alimentava un rumoroso allarme che indicava pericolo. Ero sicuro che questo pensiero fosse legato a qualche ferita primordiale di base dovuta all'abbandono di mia madre in tenera età.

Chi poteva biasimarla? Mio padre era un mostro. Ma non avevo mai saputo perché non mi avesse portato con sé.

Chelle si avvicinò per gratificare Leo chiedendogli come stesse, mentre Nikolai si appoggiava al bancone e mangiava uno degli stuzzicadenti carichi di olive dal mio piatto.

«Odi tutto questo, vero?» mi chiese Nikolai mentre Maxim e Sasha si univano a noi.

«Ogni secondo» confermai.

«Anch'io.»

Lo sguardo vigile di Maxim valutò i nuovi arrivati. Lui, tra tutti noi, era quello che più odiava avere degli estranei nell'edificio. Sua moglie, Sasha, era la figlia di Igor Antonov, l'ormai defunto *pachan* di Mosca, che aveva combinato il matrimonio con Maxim prima di morire l'anno scorso. Lei aveva ereditato gli interessi sui pozzi petroliferi per un valore di oltre sessanta milioni di dollari, cosa che l'aveva messa nel mirino di ogni *mudak* che sognava di portarle via il suo oro nero. Igor aveva scelto Maxim come marito, ritenendolo il migliore soggetto in grado di proteggerla. Maxim probabilmente avrebbe speso il resto della sua vita cercando di anticipare le minacce alla sua sicurezza.

«Ma facciamo queste cose per rendere la vita il più normale possibile per le donne. Per quanto preferirei tenerle chiuse nell'attico e non lasciarle mai uscire.»

Sasha ridacchiò, lo abbracciò e gli baciò la guancia. «Che galanteria.»

Maxim curvò le labbra in un sorriso. «Ci provo.»

Chelle tornò al fianco di Nikolai, e le due coppie tornarono nello studio di ceramica. Mentre li guardavo ritirarsi, cercai di ignorare il brivido di gelosia che mi riempiva ogni volta che vedevo uno dei miei fratelli felicemente sposati con la moglie.

* * *

Kira

La casa del crack era esattamente ciò che il nome suggeriva. Si trovava in un quartiere decrepito. Un lato dell'America che non sapevo esistesse. Le strade erano disseminate di immondizia. Gli edifici fatiscenti erano coperti di graffiti. Le finestre sulla facciata erano chiuse all'indirizzo che l'agente Green mi aveva dato.

Salii i gradini, che erano disseminati di mozziconi di sigaretta, spazzatura e un paio di aghi ipodermici. Bussai alla porta. Quando nessuno rispose, provai la maniglia. Si aprì. C'erano delle persone all'interno. Tutto puzzava di fumo stantio e corpi puzzolenti. C'erano diversi materassi sporchi che tappezzavano il pavimento e la spazzatura ne copriva ogni altro centimetro. C'era qualcuno seduto sul divano. Una donna, pensai. I capelli arruffati le cadevano sulla faccia. Era pelle e ossa come Anya, gli occhi scavati e scuri. «Chi cazzo sei?» Mostrò denti marci e macchiati quando parlò.

«Mi chiamo Kira Koslova.»

«Un'altra russa.» La donna si alzò in piedi, barcollando quando arrivò vicino a me. Mi ignorò, cercando qualcosa sul pavimento.

«Conoscevi mia sorella? Anya?»

«Hai una sigaretta?»

«No. Conoscevi Anya?»

Mi lanciò un'occhiata disgustata. «Sì, la conoscevo. È morta.»

«Lo so. Sono venuta dalla Russia quando la polizia mi ha chiamata.»

«Allora? Cosa vuoi?»

«Sto cercando suo figlio, Mika. È qui?»

La donna smise di cercare a terra e si girò. «Non aveva un figlio.»

Strinsi i pugni. Una rabbia incandescente mi inondò il petto, mi scaldò il viso. Era irrazionale, ma comunque potente.

«Invece sì» ringhiai. «Adesso avrebbe quindici anni. *Suo figlio.*»

«No. Nessun figlio. La conosco da molto tempo. Non ha mai avuto un figlio.»

Il panico divampò, ma cercai di smorzarlo con la rabbia.

«Da quanto tempo?» Parlai a denti stretti. «Da quanto tempo la conosci?»

La tossica fece spallucce. «Da qualche anno.» Scosse la testa con un ghigno. «E sicuramente non c'era nessun figlio.»

Avrei voluto attaccare al muro quella stupida tossicodi-pendente e dirle che si sbagliava. Avrei voluto urlare. Lanciare cose. Bruciare quel miserabile edificio. Ma nessuna di quelle cose mi avrebbe aiutata a trovare Mika. Se fossi stata onesta, avrei riconosciuto che in realtà ero arrabbiata con me stessa. Per non avere impedito ad Anya di andarsene. Per non avere insistito che Mika rimanesse con me.

Se non avessi avuto il cuore spezzato così tante volte da Anya. Se non fossi stata così arrabbiata con lei per il tipo di madre che era, per la sua dipendenza e il suo continuo accompagnarsi con gli uomini che l'avevano rovinata, se non avessi rinunciato ad Anya, forse sarebbe ancora viva. Mika non sarebbe disperso. L'idea che potesse essere completa-mente perso mi terrorizzava. Non avevo assolutamente modo di sapere se Mika fosse vivo o morto. Non sapevo da dove cominciare per trovarlo. Cosa gli era successo.

Ma quel senso di colpa era troppo doloroso. Era più facile incolpare la bratva. Avevano dato via loro a questa discesa verso la distruzione, prendendo Anya come pagamento. Pochi mesi dopo, avevano ucciso nostro padre, comunque. Era tempo che io capissi come ripagarli per il male che avevano inflitto alla mia famiglia.

Tornai nella mia auto a noleggio e programmai il navigatore con l'indirizzo della roccaforte della bratva. Poi composi il numero del mio supervisore a Mosca.

«Koslova» rispose Stepanov.

Era un capo corretto. Paterno. Una volta mi aveva fatto della avance, ma si era subito tirato indietro quando l'avevo scoraggiato.

«Va tutto bene?»

«No, signore. Mia sorella è morta e non c'è traccia di mio nipote. È scomparso.»

Sbuffò. «Mi dispiace» disse burbero. «So che speravi di riportarlo indietro con te.»

Gli occhi mi si riempirono di lacrime. «Sarei dovuta venire anni fa.» Non sapevo perché stavo confessando questa roba a Stepanov. Non era un tipo empatico. In polizia generalmente non ci si concedeva di essere emotivi fra colleghi, ma il senso di dolore e disperazione continuava a crescere. Impotenza.

«È stata la bratva», dissi amaramente.

«Sì» disse Stepanov. «Ho sentito dire che quelli della bratva di Chicago sono i peggiori.» Deglutii, una nuova ondata di rabbia trafisse il mio dolore. «Hanno un edificio qui dove presumibilmente sono benvenuti tutti i russi. Adesso ci vado.»

«Ne ho sentito parlare. Dovrebbe essere una specie di fortezza. Se riesci a penetrare le sue difese, si potrebbe fare parecchio per abbattere il braccio americano della bratva.»

«Cosa intendi?»

«Ho contatti in America, con l'FBI. Sono alla ricerca di

qualcuno all'interno. Potrebbero essere disposti ad aiutarti a trovare tuo nipote se tu aiuti loro.»

«Aiutarli, come?»

«Entra in quell'edificio. Fai amicizia.»

Il telefono interruppe la conversazione per darmi la direzione successiva e feci la svolta richiesta.

Quando l'audio tornò alla chiamata, Stepanov aveva attaccato.

Non importava, mi sentivo già molto meno sola. Meno disperata.

Avrei avuto Stepanov e l'FBI a guardarmi le spalle in questa avventura.

Tutto quello che dovevo fare era riuscire ad infiltrarmi.

CAPITOLO DUE

Maykl

Qualcuno stava suonando il campanello delle porte d'ingresso del Cremlino. Tecnicamente, non era un mio problema. Le porte erano chiuse: era passato l'orario di lavoro. Erano quasi le nove di sera, per amor del cazzo. Ma avevo il feed video in esecuzione nella mia stanza perché prendevo molto sul serio la sicurezza al Cremlino, e la persona alla porta non sembrava intenzionata ad andarsene.

Aveva in mano una valigia ed era incurvata per proteggersi dal vento. Il lungo cappotto di lana rossa che la avvolgeva non nascondeva quanto fosse snella. Quanto fosse bella.

Alzò la mano guantata e bussò sul vetro. «*Pozhaluysta.*»

Non ero riuscito a sentirla, ma l'avevo letto dalle sue labbra.

Bliad. Era russa.

Mi alzai dalla sedia in un batter d'occhio, impugnando una pistola che infilai nella cintura dei jeans. Misi i piedi in un paio di stivali e presi l'ascensore per scendere alle porte d'ingresso. Avevo già avuto a che fare con questo tipo di merda in passato. Quando quel ragazzo della band aveva

17

cercato di buttare giù le porte per entrare quasi un mese fa. Sapevo che era venuto per Nadja, e sapevo anche che Adrian non avrebbe approvato, quindi non mi ero nemmeno preoccupato di rispondere.

In seguito, avevo scoperto che Nikolai lo aveva lasciato entrare.

Avevo dovuto gestire una visitatrice molesta anche per quel *mudak*. Prima di diventare la sua ragazza, Chelle mi aveva quasi scalato come un albero quando avevo cercato di buttarla fuori. Se non mi sbagliavo, il fratello aveva avuto un problema con il gioco d'azzardo e Nikolai l'aveva aiutata.

Aprii la porta e fissai la pallida bellezza che mi guardava. Aveva gli occhi blu ghiaccio, e ciglia e sopracciglia di un biondo chiaro. Osservò i miei tatuaggi e la larghezza delle mie spalle. «Sono russa» disse nella nostra lingua madre, abbassando la testa con aria sottomessa. «Mi è stato detto che sarei stata accolta qui.»

Cazzo.

Grugnii e aprii la porta per farla entrare almeno per ripararsi dal freddo.

«Chi te l'ha detto?» chiesi in russo.

Mi disse un nome che non riconobbi. «Di cosa hai bisogno?»

Si tolse il cappello di lana, rivelando una testa di capelli biondo pallido che le caddero in ciocche definite sulle spalle. Avevo la sensazione che l'atteggiamento sottomesso fosse proprio questo: un atteggiamento. C'era una determinazione d'acciaio nascosta nel suo sguardo che mi rendeva cauto.

«Mi chiamo Kira. Sono appena arrivata dalla Russia e ho bisogno di un posto dove stare.»

La studiai per un momento. *Niet.* C'era qualcosa di strano in tutto questo.

Indicai la porta con il pollice. «Allora trovati un hotel.» Glielo dissi in inglese per vedere se mi capiva.

Strinse le sopracciglia pallide, ma rispose in un inglese dall'accento marcato. «Non posso stare qui? Solo per qualche giorno fino a quando non avrò un lavoro e capirò dove andare?»

Si sbottonò il cappotto, e io godetti della sua forma snella ma femminile. Portava dei pantaloni che le abbracciavano i fianchi e un paio di stivali stringati che le conferivano un look leggermente punk. Aveva un maglione dal taglio asimmetrico che le cadeva da una spalla e si modellava sulle tette vivaci.

Sembrava vigile. Presente a sé stessa. Aveva osservato l'opulenta hall e la pistola che tenevo nella cintola senza alcuna apparente sorpresa. Come se se le aspettasse. Vagò con lo sguardo sul mio viso, poi sul mio petto e infine giù per le mie braccia tatuate. Quando vide il tatuaggio che mi segnava indicando il peccato di parricidio, arricciò leggermente il labbro in quella che poteva essere un'espressione di disgusto. Come se ne conoscesse il significato. Socchiusi gli occhi. «Qual è il vero motivo per cui sei qui?»

Si fermò per un momento, poi tirò dentro un respiro e lo lasciò uscire. «Sono venuta a Chicago per cercare qualcuno. Ma... sembra che possa essere più difficile da individuare di quanto mi aspettassi. Ho bisogno di un posto dove stare, e non conosco la zona. Posso pagare un po'. Oppure posso sdebitarmi.»

Mi rilassai un po' perché riconobbi una nota di verità nella sua voce. O forse nell'atteggiamento. Non era stata allusiva quando si era offerta di sdebitarsi, ma la mia mente era saltata a tutti i lavoretti che mi sarebbe piaciuto affidarle.

In ginocchio, ai miei piedi.

Nel mio letto.

Forse un po' di pulizie leggere mentre era vestita in modo succinto.

Bliad.

La mia mente non era così offuscata dal sesso, normalmente. Qualcosa in questa vagabonda combattente di fronte a me mi faceva morire dalla voglia di conquistarla.

«Ho sentito dire a casa che questo posto è una roccaforte della bratva, ma un posto sicuro per una come me.» Tenne lo sguardo fisso sul mio, e me la immaginai legata al letto mentre uscivo e uccidevo draghi per lei.

Il fatto che ammettesse di sapere cosa eravamo mi fece rilassare ancora di più. Era questa la sensazione che avevo avuto. Non era solo comparsa casualmente per strada. Capiva che eravamo un'organizzazione criminale. Pericolosa, ma non per lei. Questo spiegava il suo comportamento. Ma da dove veniva? Come faceva a sapere di noi?

Questi erano dubbi che dovevano essere chiariti prima di lasciarla entrare nell'edificio.

La studiai.

La sua bellezza faceva un effetto strano sulle mie capacità decisionali. Qualcosa in quella bocca a cuore. Nella squisita struttura ossea. In quella voglia a forma di uovo sulla guancia, che sembrava il bacio di una fata.

Sembrava fragile e forte allo stesso tempo.

Non riuscivo a capire se ero a disagio perché sapevo che c'era qualcosa che non andava in lei o a causa della reazione del mio cazzo. Morivo dalla voglia di gettarmela sulla spalla, portarmela a casa e allargarle quelle gambe. Di trovare il succoso cuore rosa all'interno e giocherellarci fino a quando non avesse urlato.

E fu così che arrivai alla risposta. Quella sbagliata, ne ero certo.

«Gli appartamenti non sono miei, non sono io che li affitto, ma puoi stare con me stasera fino a quando non posso portarti dal mio *pachan*.»

Deglutì come se avesse paura di ciò che poteva significare, ma scosse la testa. «Grazie...» Alzò le sopracciglia mentre mi tendeva la mano. La strinsi. La presa era ferma, la pelle morbida. «Maykl.»

«Maykl.» Accennò un sorriso.

Vedere quella dolcezza su di lei mi fece venire voglia di scoprirne i segreti. Di guadagnarmi un sorriso completo. Semplice. Chiusi le porte anteriori e ripristinai l'allarme, quindi presi la sua valigia. Indicai l'ascensore con la testa. «Andiamo.»

* * *

Kira

Maykl era un burbero ma non era un *mudak*. Non come gli uomini della bratva che si erano approfittati di Anya. Loro erano meno civili di quanto non sembrasse questo ragazzo. Poco intelligenti. Certamente non cavallereschi. Non ero il tipo di donna che aveva bisogno di un uomo che le portasse la valigia, ma dovevo ammettere che era bello.

Ma questo non significava che io trovassi Maykl meno pericoloso o minaccioso.

Sapevo cosa significavano i suoi tatuaggi. La X nera sulle nocche indicava le uccisioni che aveva commesso. La mela di un albero spinta giù per la gola significava che aveva ucciso suo padre. Questo era scioccante, ma non del tutto sorprendente. La maggior parte degli uomini entrava nella bratva da giovane. Erano ragazzi di strada, di solito con brutte situazioni familiari. La bratva li attirava a sé con l'illusione della gloria. La promessa del potere. Li indottrinavano alla virilità attraverso la violenza e il crimine.

Mi portò a un ascensore, che richiedeva una chiave magnetica per partire.

Alta tecnologia. Interessante. Chiaramente, questo ramo americano della bratva nuotava nel denaro per potersi permettere questo tipo di roccaforte proprio sulla riva del lago Michigan. Non conoscevo Chicago, ma era ovvio che si trattava di immobili di prim'ordine, e l'edificio era nuovo e lussuoso. Le rifiniture in ottone e i corrimano nell'ascensore brillavano. Tutto profumava di fresco, pulito e costoso.

Scendemmo al terzo piano, e Maykl spinse con gli stivali slacciati una porta in cui usò di nuovo la sua chiave magnetica. Non doveva essere troppo difficile rubargli quella carta e dare un'occhiata in giro. Lui era il portiere. Sembrava responsabile della sicurezza dell'edificio, una sorta di guardiano. Non sarei stata sorpresa se avessi scoperto che la sua chiave in particolare apriva tutto.

Qualunque cosa avessi immaginato o mi fossi aspettata riguardo a quel posto era molto diverso da quello che ci trovai. Non era una specie di casa del crack per russi. Era una fortezza bella, moderna e high-tech. Il che significava che dormire con Maykl – voglio dire, nel suo appartamento – era probabilmente la pausa più fortunata che potessi avere. Probabilmente sarei stata intelligente a sedurlo per conquistare davvero la sua fiducia e assicurarmi di poter rimanere. Non era la mia specialità, ma onestamente? Con Maykl probabilmente non sarebbe stato difficile.

Era alto più di un metro e ottanta di muscoli solidi, larghi sul petto, cesellati sulle braccia. Qualsiasi ragazzo che portasse la valigia di una donna non poteva essere un disastro totale a letto. Doveva avere almeno un certo livello di considerazione per gli altri.

Non era un sociopatico totale come gli uomini della bratva che avevo conosciuto.

Il suo appartamento era piccolo ma pulito ed elegantemente arredato. Era un open space con una penisola in granito che separava la zona cucina dal soggiorno. Una parete presentava una scrivania con una mezza dozzina di monitor che mostravano diversi feed video, tra cui uno delle porte anteriori.

Quindi era così che aveva scoperto che ero là fuori a suonare il campanello.

Si tolse gli stivali alla porta, quindi feci lo stesso, scrollandomi di dosso il cappotto di lana.

«Ti dispiace se faccio una doccia?»

In realtà non avevo bisogno della doccia, ma faceva parte del mio piano di seduzione. Ancora una volta, non ero un'esperta di questo particolare gioco, quella era una prerogativa di Anya. Ma spogliarmi e bagnarmi doveva essere un passo nella giusta direzione.

Maykl sollevò il mento in direzione della camera da letto e mi seguì con la valigia, accendendo la luce. C'era un gigantesco letto king-size al centro. Era sfatto, come se suonando alla porta l'avessi buttato giù dal letto. C'erano un comò contro una parete e due comodini. Era tutto piuttosto semplice. Profumava di lui, di pelle e dopobarba e di quel profumo unicamente maschile che avevo colto quando eravamo stati in ascensore insieme.

Volutamente non portai la valigia o un cambio di vestiti in bagno. In questo modo potevo uscire con il solo asciugamano. Magari potevo accidentalmente lasciarlo cadere.

La doccia era incredibile. Il box era bello, con pareti in marmo bianco o quarzo e piccole piastrelle di vetro iridescenti in blu e verde sul pavimento. Il soffione era grande e il getto di acqua calda era potente.

Dovevo essere diventata più consapevole del mio corpo da quando avevo pensato di fare sesso con il guardiano perché tutto ora sembrava sensualissimo. Emisi un gemito di piacere mentre mi infilavo sott'acqua. Era bellissimo.

Passai molto tempo sotto il getto. C'era un rasoio per il viso, e lo usai per ripulire la mia zona bikini e radermi le gambe e le ascelle. Mi lavai e misi il balsamo ai capelli. Insaponai ogni angolo e fessura.

Va bene, forse stavo temporeggiando.

E se non fossi stata capace di sedurre un uomo? Di solito ero io quella che veniva sedotta, non il contrario.

Chiusi gli occhi e mi concentrai su Anya. Dopo il suo trauma iniziale, aveva imparato a rivendicare il potere in ciò che aveva, che non era altro che il suo corpo. Era stata costretta a interpretare quel ruolo, ma dopo l'aveva accolto. Aveva imparato come farlo fruttare. Certo, aveva dovuto farlo perché dopo che nostro padre era stato assassinato dalla bratva quattro mesi dopo, nostra madre era rimasta a letto per i successivi tre anni. Ero convinta che Anya avesse creduto davvero che avrebbe migliorato la sua vita e quella di Mika quando era venuta in America con il suo fidanzato della bratva.

Chiusi l'acqua e mi asciugai con l'asciugamano, poi uscii dal bagno mentre stringevo l'asciugamano intorno ai capelli. Maykl non era in camera da letto. Entrai nel soggiorno dove lo trovai sul divano, con i piedi appoggiati sul tavolino, a guardare la televisione. Mise in pausa il programma quando mi vide, ma per il resto non mi offrì la reazione che mi aspettavo.

Strinse gli occhi mentre osservava la mia nudità. «Kira.»

Mi spostai su un fianco. Il bordo dell'asciugamano cadde su un seno. Finsi di non essere completamente imbarazzata dal fatto di essere nuda.

«Non intendo tenerti lontano dalla tua camera da letto» dissi con voce dolce.

Tolse i piedi dal tavolino e si alzò. «Stai cercando di sedurmi?»

C'era una nota di pericolo nella sua voce. Un promemoria sul fatto che mi stavo infilando in un gioco che avrebbe potuto avere conseguenze potenzialmente letali. Ero contenta che Stepanov fosse in attesa di un mio feedback. Se non avessi chiamato o mandato messaggi, avrebbe capito di dover mandare i suoi contatti dell'FBI a cercarmi.

Maykl avanzò verso di me. Le sue dimensioni e la sua mole mi resero difficile mantenere la posizione. Soprattutto nuda e disarmata. Lasciai cadere completamente l'asciugamano. Ero già troppo avanti in questa storia per non essere audace.

«Funziona?»

Si fermò a pochi centimetri da me. Mi guardò dall'alto in basso da una posizione di potere. «No.» La parola non fu altro che un ringhio, ma notai che le sue pupille erano dilatate come se fosse eccitato. Mi prese per la gola ma non strinse. I suoi occhi socchiusi mi scrutarono il viso. «Cosa stai combinando, piccola guerriera?»

Mi aspettavo che il mio istinto di lotta entrasse in gioco. Ero addestrata al combattimento corpo a corpo. Eccellevo con un'arma da fuoco. Ma qualcosa nella presa allentata di Maykl intorno alla mia gola sembrava molto più sessuale che minacciosa.

Come se mi stesse mostrando come sarebbe stato a letto. Dominante. Attento. Gentile quando necessario. Brutale quando non lo fosse stato.

L'umidità mi scese tra le gambe. I capezzoli mi si irrigidirono in gemme strette. Abbassò lo sguardo su uno di loro, e lo sfiorò con il dorso delle nocche.

«Sto solo…» inspirai forte quando mi prese il capezzolo tra le nocche e lo strinse «mostrando la mia gratitudine.»

Scosse la testa. «No. Tu vuoi qualcosa. Che cos'è?»

Sapevo che il segreto per dire una buona bugia era attenersi il più possibile alla verità. Era quello che avevo fatto nella hall quando mi aveva interrogato, e mi era sembrato che funzionasse.

«Non ho risorse a mia disposizione qui. Nessuna rete. Nessun contatto. Non posso permettermi di stare in un hotel decente per più di un paio di notti.» Alzai lo sguardo verso di lui e lo fissai. «Preferirei di gran lunga rimanere qui. Sto facendo amicizia.»

«Quindi pensavi che succhiandomi il cazzo saremmo diventati amici?» scosse la testa. «Scusa, piccola guerriera. Non sono così facile da prendere in giro.»

«Non ti ho ancora preso il cazzo in bocca.»

CAPITOLO TRE

Maykl

Un'ondata di lussuria mi portò per riflesso a stringere le dita alla sua gola.

«Sei sicura di te.»

Lei annuì e iniziò ad abbassarsi per mettersi in ginocchio, ma la sua mascella sussultò per la mia presa immobilizzante.

Voleva succhiarmi il cazzo. Era un trucco, ovviamente. O una manipolazione. Eppure, era una dea con quei capelli pallidi come la luna e le labbra scure a cuore color corallo. Volevo scopare quella bella bocca se non altro per ottenere qualcosa di onesto da lei.

Sapevo che era la mossa sbagliata. Era quasi come se potessi percepire la distruzione totale che questa donna avrebbe gettato sulla mia vita, ma sospettavo anche che ne sarebbe valsa la pena.

Lasciai la mia presa sul suo collo e le permisi di inginocchiarsi davanti a me. Mi sbottonò i jeans e liberò la mia erezione.

Mi addolcii un po' nel vedere che le tremavano le dita mentre si allungava per afferrare la mia lunghezza. Non era così praticata come fingeva di essere. E *voleva* decisamente qualcosa. Mi sollevò il cazzo per tracciare la vena che scorreva sul lato inferiore, dalla base alla punta. Rabbrividii per il piacere. Per il bisogno di averne ancora.

Avrei dovuto porre fine a tutto questo. Afferrarla per le braccia e trascinarla in piedi. Schiaffeggiare quel bel culo e dirle di smettere di giocare.

Ma le avevo già permesso di iniziare. Avrei anche potuto accettare il piacere che precedeva qualsiasi perfido danno avessi scatenato per mano sua.

Mi prese la punta del cazzo in bocca e lo fece scivolare dentro e fuori, stuzzicandolo. Torturandomi.

Le afferrai la nuca e la spinsi in profondità. Ricordandole chi era al comando.

Si irrigidì, ma si riprese rapidamente, scavando le guance per succhiare forte mentre mi tiravo indietro, poi mi portò in profondità verso la parte posteriore della gola quando premette di nuovo.

«Sei così bella con quelle labbra intorno al mio cazzo» mormorai. Di solito non ero un gran chiacchierone, che si trattasse di parlare sporco o meno, ma qualcosa in questa donna sembrava rimuovere tutti i miei filtri. Tutte le mie ragioni.

Le accarezzai la guancia con il pollice mentre con le dita la spingevo avanti e indietro ad un ritmo che mi faceva risucchiare il respiro dalle narici allargate. Assaporare la sensazione.

Forse era perché era tutto sbagliato. Perché sapevo che era un errore. Forse era perché Kira era la mia kryptonite speciale. Qualunque fosse la ragione, *era* il miglior pompino che avessi mai avuto. Aveva ragione. C'era qualcosa nel vedere la mia piccola Valchiria inginocchiata ai miei piedi, la sua pelle pallida arrossata dalla passione, gli occhi blu ghiaccio che mi guardavano per cogliere la mia reazione, scatenando in me una lussuria di cui non sapevo nemmeno di essere capace.

Mi spinsi più in profondità, colpendole la parte posteriore della gola e imbavagliandola con il cazzo. Faceva fatica a prendermi. Quando strinse le dita intorno alla base del mio cazzo, forse per controllare i miei movimenti, aumentò solo il mio bisogno di lei.

Sapevo che stavo oltrepassando il confine, o, forse, ero già sconfinato nella mancanza di rispetto, e in qualche modo, sorprendentemente, questo fu ciò che mi riportò al controllo. Mi tirai fuori dalla sua bocca e, con un movimento fluido, la tirai su dalla posizione e me la caricai in spalla. Battei con una mano pesante il suo culo sodo mentre la portavo in camera da letto. Quando la buttai sul letto, c'era un misto di paura ed eccitazione nel rossore della sua pelle, nel bianco dei suoi occhi. Nel modo in cui mi guardava mentre mi strappavo i vestiti di dosso.

Il suo sguardo viaggiò sul mio petto peloso, cogliendo i tatuaggi che mi coprivano il pettorale destro e la spalla.

Poteva anche avermi offerto il pompino come transazione, ma ora ci ero dentro con tutte le scarpe. Pronto a ricambiare. Morivo dalla voglia di vedere che aspetto avesse in preda a un orgasmo.

Salii sul letto e le spalancai le ginocchia.

«Ho bisogno di *assaggiarti* ora, Kira.»

«*Oh.*» Sembrò spaventata. Come se non sapesse come accettare la mia offerta. Come se non gliene avessero fatte abbastanza in passato. Avevo intenzione di cambiare questa situazione. Mostrarle cosa si era persa. Nel momento in cui la leccai, portò le mani alle mie orecchie. Sospettai che fosse più per un bisogno di controllo che per passione. Sobbalzò ad ogni colpo della mia lingua come se fosse tutto troppo intenso. Se le stessero arrivando più sensazioni di quante non fosse abituata a provare.

Le bloccai le mani ai fianchi. Le sue ginocchia mi sbatte-vano contro le spalle, stringendo forte. Sollevai la testa, leccandomi via i suoi succhi dalle labbra.

«Cosa c'è che non va, *Valkiriya*? Non sei abituata a ricevere?»

Le chiazze arrossate sulle sue guance mi dissero che avevo ragione.

«Devo legarti per aiutarti a lasciarti andare?»

Vidi il guizzo di allarme nel suo sguardo, anche se i capezzoli si irrigidirono in lunghe cime. Non aveva espe-rienza nel giochetto in cui si era cacciata. Niente affatto.

Si tirò su sui gomiti. «P-perché non mi lasci finire quello che ho iniziato?»

Ora ero determinato. Le avrei insegnato come ricevere piacere. Mi alzai dal letto e tirai fuori dal cassetto la mia unica cravatta di seta. Tornai da lei, tendendola fino alle estremità tra le mani.

«Polsi» dissi burbero.

Non si mosse. C'era un barlume di sfida nel suo sguardo.

Inclinai la testa. «Cosa c'è che non va?» La presi in giro dolcemente. «Hai paura di esserti spinta più di quanto tu non possa sopportare?»

Bastò questo. Era una competitiva, questa qui. Non si tirava indietro di fronte a una sfida. Scostandosi le ciocche umide dal viso con un gesto altezzoso, mi porse i polsi. Avvolsi prima un giro intorno per proteggere la pelle, poi feci un nodo stretto. Poi assicurai l'altra estremità alla testiera. Una volta legata, mi fermai e ammirai la mia adora-bile prigioniera.

Era la dicotomia di energie che emanava che la rendeva così affascinante ai miei occhi. Una guerriera con l'aspetto da orfanella. La seduttrice intrisa di innocenza. Ora, mi guar-dava con anticipazione mista a un'aria di avvertimento.

Era pronta a staccarmi la testa dal collo se avessi fatto

casino. Le rivolsi un ghigno malvagio. «Non ti preoccupare, lo renderò piacevole, Kira.» Inclinai la testa. «Almeno è il tuo vero nome?» Strattonò contro i legacci come se si fosse appena resa conto di essere potenzialmente nei guai. Si fermò quando vide il mio sorriso e sollevò il mento. «Sì, è il mio nome.»

C'era una nota di sfida nella sua voce che mi fece credere che fosse vero. «Vediamo.» Presi la sua borsa dal comò e cercai di trovare il passaporto. Kira Koslova. Era di Mosca, come me. Alzai lo sguardo per studiarla di nuovo. Frugai nella borsa e nel portafoglio alla ricerca di qualcosa di rivelatore, ma non trovai nulla.

Le avevo dato abbastanza tempo da farle sentire la mia mancanza. Da aumentare il bisogno. Da ricordarle chi era al comando. Che il suo piacere dipendeva dal mio capriccio.

Era ora di tornare dalla mia adorabile prigioniera.

Tornai al letto dove la afferrai appena sopra le ginocchia in modo da poterla tenere aperta. Abbassai la testa tra le sue gambe e iniziai con una lenta tortura. Un affondo leggero della mia lingua nelle sue pieghe. Tracciai l'area intorno al clitoride. Intorno all'ingresso. Intorno al suo buco posteriore.

Lei si dimenava e ansimava. I suoi muscoli si stringevano e rilasciavano. Il culo si stringeva e rabbrividiva. La pancia si muoveva tremolante in su e in giù ad ogni respiro.

Divenni più aggressivo, usando la lingua appiattita per coprire più superficie contemporaneamente. Le succhiai le labbra, spinsi indietro il cappuccio del clitoride per far passare le mie labbra sulla nocciolina.

Era sensibile. Reattiva. Il suo respiro ansimante si trasformò in piccoli miagolii e piagnucolii. Strattonò e tirò per liberarsi della presa della cravatta intorno ai suoi polsi. Le gambe spingevano contro la mia presa. Sollevò il suo nucleo verso la mia bocca. La penetrai con la lingua.

Poi la sostituii con un dito. Poi un altro. Le accarezzai la parete interna con la punta delle dita, all'inizio lentamente. Mentre il suo respiro diventava più forte e veloce, le spingevo dentro e fuori, scopandola con le dita e facendo scorrere nel frattempo la lingua sopra e intorno al clitoride. Sollevai la testa per guardare il suo viso mentre spingevo con le dita. La sua pelle pallida era così traslucida che mostrava il rossore come schiaffi rosso vivo, facendo sì che il bacio della fata che aveva sulla guancia si mimetizzasse.

Sfilai le dita, amando il suo sguardo di scioccata incredulità per il fatto che mi fossi fermato prima che finisse.

Le afferrai il bacino e la capovolsi girandola sulla pancia, permettendole di aggiustare i polsi legati per mettersi comoda.

La sua schiena ora era piegata, i capelli diventavano via via più chiari mentre si asciugavano sparpagliati sulle spalle. Era snella ma aveva dei muscoli definiti, come se si allenasse. Immaginai che fosse più forte di quanto sembrasse. Certo, non poteva essere alla mia altezza. Ero il doppio del suo peso e più alto di trenta centimetri.

Feci scorrere le dita sulla sua succosa apertura, premiandola per il cambio di posizione. La accarezzai lì fino a quando non si incurvò sul letto, gemendo lamentosamente per averne più.

Fu allora che alzai la mano e le diedi uno schiaffo forte sul culo.

Lei si girò e mi guardò da sopra la spalla.

La sculacciai ancora e ancora. Tirai una dozzina di colpi, facendole diventare il culo della stessa bella tonalità del viso.

Poi feci scivolare due dita dentro di lei mentre posavo il pollice sul suo buco posteriore.

«Sei stata scopata qui *Valkiriya*?» La voce mi uscì come un ringhio basso e profondo. La riconobbi a malapena. Facevo fatica a riconoscermi, in effetti. Di solito non ero così irrispettoso con una donna. Di solito non ero così aggressivo e rude. In qualche modo, però, sembrava giusto. Come se avesse bisogno di questo. Come se lo meritasse, ma come ricompensa, non come punizione.

«*Non farlo.*» C'era un tono di avvertimento nella sua voce. Severo. Mi fece venire il cazzo duro.

Non lo avrei fatto. Certo, non avrei mai costretto una donna a fare qualcosa che non voleva. Ma mi fece venire voglia di portarla in un territorio che desiderava. In cui mi potesse implorare per questo.

Abbassai il mio corpo sopra il suo mentre spingevo le mie dita nel suo canale zuppo.

«*Niet?* Che ne dici di qui?» Rimbombai. «Posso scoparti qui?»

«Sì.» Ci fu solo un secondo di esitazione.

Cercai di smorzare l'ondata di soddisfazione per la sua risposta. «Userò una protezione» promisi, in caso si potesse preoccupare per quello.

Raggiunsi il comodino e presi un preservativo dal cassetto. Si rotolò sulla schiena mentre io ero lontano, cercando di riguadagnare un certo livello di controllo, senza dubbio.

Scartai il preservativo e tenni lo sguardo fisso sul suo mentre lo srotolavo, guardando i suoi occhi incupirsi. Il petto che saliva e scendeva. I seni che cadevano aperti ai lati.

Aveva un'altra voglia rossa, leggermente più grande sulle costole. La baciai per prima. Poi seguitai con quella sulla guancia.

«Baci di fata» dissi quando notai che era tesa. «Mi piacciono.»

«Slegami» mormorò, aprendo le gambe per me.

«Non ancora, *moya malen'kaya valkiriya*. Sembri troppo carina così.»

Mi posizionai tra le sue gambe e strofinai la cappella

inguainata sul suo ingresso. Era abbastanza bagnata da farmi scivolare piuttosto facilmente. I suoi muscoli si strinsero attorno al mio cazzo, facendomi gemere. La sua pancia si incavava e si sollevava.

Mi guardò, succhiando il labbro inferiore tra i denti. Piazzai una mano sulla testiera e usai l'altra per tenerla in posizione per le mie spinte. Si dondolò per venirmi incontro, per portarmi in profondità. Dolci versetti le uscivano dalle labbra. *Uh* e *ah* che diventavano più forti mentre portavo entrambi in uno stato di frenesia.

«Ti piace essere cavalcata forte, piccola Valchiria?»

Abbassò le sopracciglia bionde. Le narici si infiammarono. Il respiro entrava e usciva come se stesse correndo in una gara.

«O è la prima volta che lo fai brutale?»

Seppi di avere ragione quando gettò la testa all'indietro, inarcando quelle belle tette verso il soffitto.

«Bellissima» mormorai. Trascinai la mano giù per la sua gola per stringerle ruvidamente il seno, poi le presi la spalla prima che la sua testa urtasse contro la testiera. Le slegai i polsi perché il momento della resa era passato. Lei era già a buon punto, bisognosa e disperata come me. Non si sarebbe tirata indietro.

Fu la mossa giusta perché raggiunse il mio petto, facendo scivolare le mani sui miei muscoli come se stesse morendo dalla voglia di toccarmi.

Mi afferrò le braccia e mi segnò con le unghie. Avvolse le gambe dietro la mia schiena e mi spinse più a fondo. Più forte. Il letto batteva contro il pavimento. Sbatteva contro il muro.

«Vieni per me, Kira.» Le pizzicai uno dei capezzoli, probabilmente troppo forte.

Lei gridò, le sue pareti interne si strinsero e si chiusero intorno al mio cazzo. Non lasciai andare il capezzolo e i suoi occhi si spalancarono sul mio viso come se stesse cercando di capire cosa stavo facendo.

L'orgasmo mi assalì come un'ondata di calore che si riversava lungo la nuca fino alla base della mia spina dorsale.

Lo sperma scese giù per il mio albero.

«Vieni più forte» ringhiai e lasciai il capezzolo nello stesso momento in cui raggiunsi l'orgasmo. Venne di nuovo, aggrappandosi a me, senza dubbio per ridurre la brutalità delle mie spinte irregolari e cariche di estasi.

I fuochi d'artificio mi esplosero dietro agli occhi, e poi persi ogni tipo di traccia di ciò che stava accadendo fino a quando non mi ritrovai a coprire il suo corpo. Schiacciandola, probabilmente. Il mio sudore si mescolò al suo. Il mio cuore batteva contro i suoi seni morbidi. Le ficcai la testa nel collo e le morsi la pelle prima di sollevarla.

«Stai bene?» Sbatté le palpebre verso di me con occhi vitrei. Appariva frastornata. «Ti ho fatto male, piccola guerriera?»

Scosse la testa, un'espressione stordita le dava ancora uno sguardo sorpreso. Come se non sapesse che il sesso potesse essere così. Come se non l'avesse mai fatto in quel modo o addirittura non sapesse che fosse possibile.

«Più di quanto ti aspettassi?»

«Un po'.» Si lasciò scappare una dolce risatina, quasi come se non volesse ammetterlo. Baciai di nuovo la macchia fatata e strisciai via per buttare il preservativo e lavarmi. Le portai una salvietta fresca, che tenne tra le gambe come per lenire la zona. La spostai di fianco e la baciai dolcemente. Baci leggeri. Una sorta di scuse per essere stato così rude. Per averla lasciata dolorante.

«Posso dormire sul divano» mormorò dolcemente ma non si mosse.

Scivolai nel letto accanto a lei. «Non vai da nessuna parte.» Le avvolsi un braccio intorno alla vita e la tirai indietro contro la mia fronte. Non intendevo addormentarmi così in fretta, soprattutto non con una donna di cui non mi fidavo nel mio letto, ma l'orgasmo era stato troppo forte. Troppo soddisfacente.

Sarebbe andato tutto bene, però, perché questa piccola furbetta era esattamente dove avevo bisogno che fosse. Non sarebbe andata da nessuna parte senza che io lo sapessi.

* * *

Kira

Il mio corpo tremava per la gestione brutale ma esperta di Maykl. La mia valutazione iniziale su di lui era corretta: era un amante esperto e ricco di sfumature. Dominante ed esigente, ma comunque attento. Dava esattamente tanto quanto prendeva. Non mi era piaciuto essere legata, almeno non mentre stava accadendo, ma ora riconoscevo cosa aveva fatto al mio corpo. Come mi aveva liberata. Mi aveva permesso di lasciarmi arrendere al piacere invece di cercare di controllarlo. O di esibirmi. O qualunque cosa io facessi di solito con un partner. Non lo sapevo nemmeno più.

Quello che era appena successo in questo letto era così lontano da tutto ciò che avevo fatto prima. Era così basilare. Animalesco. Naturale. Spaventoso ma anche immensamente soddisfacente. Cento volte più soddisfacente di qualsiasi altro incontro sessuale avessi avuto. Ma ora ero in un guaio.

Il braccio pesante di Maykl mi teneva bloccata contro il suo corpo. Dovevo alzarmi da quel letto e far sapere a Stepanov che mi ero infiltrata. Scoprire se aveva preso contatto con l'FBI.

Una parte di me – la parte sessualmente soddisfatta – mi diceva che avrei dovuto starmene nel letto caldo. Addormentarmi con quell'uomo grande e corpulento. Giocherellare con lui. Conquistare la sua fiducia. Chiedere il suo aiuto.

Ottenere delle informazioni che potevo usare. Ma poi mi ricordai quanto fosse sospettoso di me. Che non l'avevo fregato neanche per un secondo.

Dal momento in cui avevo varcato quelle porte, aveva capito che c'era sotto qualcosa. Mi aveva percepita come una minaccia. Ero felice di aver nascosto il distintivo della polizia nella fodera della mia borsa prima di venire qui.

Perché aveva ragione.

Ero una minaccia.

Ero venuta per trovare mio nipote, e non mi importava se dovevo abbattere la loro intera organizzazione mentre ero lì.

Se fossi stata completamente onesta con me stessa, avrei dovuto ammettere che trovare Mika era difficile. Il fatto che Anya non avesse Mika con sé era profondamente preoccupante. Si era rivelata un genitore terribile come nostro padre, e la cosa mi faceva venire il mal di stomaco. E forse perché avevo bisogno di qualcuno da incolpare, alimentava una feroce determinazione a far cadere l'organizzazione responsabile di aver rovinato la sua vita.

Non sapevo se avrei trovato Mika, ma se potevo fare qualche danno prima di andarmene, dare all'FBI qualcosa per abbatterli, avevo intenzione di farlo.

Dovevo fare qualcosa. La bratva aveva ucciso mio padre e aveva distrutto la vita di mia sorella e di mio nipote. In questo Paese c'era presumibilmente un sistema giudiziario migliore che nel mio. Avevo intenzione di approfittarne. Aspettai che il respiro di Maykl rallentasse e poi feci finta di dover solo cambiare posizione. Rotolai per mettermi di fronte a lui, allontanandomi dalla sua presa su di me e infilando le ginocchia tra di noi per fare spazio. Si agitò quando lo feci, spostandosi per appoggiare la mano pesante sul mio gomito.

Avevo ragione.

Non mi stava coccolando. Mi teneva prigioniera nel letto.

Ancora una volta, aspettai che il suo respiro rallentasse e poi aspettai ancora un po'. Quando mi spostai di nuovo, lui non si mosse. Fui in grado di scivolare fuori da sotto la sua presa. I miei vestiti erano ancora in bagno e non volevo prenderli, quindi raccolsi la sua maglietta dal pavimento e la tirai su, estrassi con cura il telefono dalla borsa e mi insinuai nel soggiorno. Cominciai a esaminare il feed di sicurezza. Le file di monitor si dividevano in più schermi che mostravano le viste delle telecamere in tutto l'edificio. Tirai fuori una sedia per sedermi e studiarli tutti. Sembrava che potesse vedere i video dalle telecamere posizionate nei corridoi su ogni piano dell'edificio. C'era anche un garage sotto l'edificio che veniva monitorato.

Non c'era nulla di interessante o dannoso nei video. Non si vedevano prigionieri o schiavi. Certo che no. Solo nei film le cose erano così delineate e facili. Avrei dovuto fare molto più lavoro investigativo per scoprire se Mika si trovava lì.

Aprii il telefono e mandai un messaggio a Stepanov: *sono dentro.*

Mi chiamò subito, e io mi affrettai a silenziare il telefono. Valutai la possibilità di uscire nel corridoio per rispondere alla chiamata, ma scartai rapidamente quell'idea. C'erano telecamere ovunque. Invece, risposi con un messaggio.

Non posso parlare. Mandami un messaggio.

Lui rispose, *I miei contatti all'FBI hanno detto che possono aiutarti a localizzare tuo nipote se li aiuti a infiltrarsi nella bratva.*

Cosa dovrei fare?

Vogliono che tu installi delle cimici intorno all'edificio, in particolare nella suite attico nell'ufficio del pachan. Pensi di poterci entrare?

La suite attico. Poteva essere una bella sfida, considerando che Maykl non si fidava di me. Ma in fondo, aveva detto che mi avrebbe portata dal suo *pachan* l'indomani.

Forse. Ho fatto amicizia.

Un uomo?

Sì.

Bene.

Dove trovo le cimici? chiesi.

Ordina del cibo a domicilio con l'app Uber Eats. Le cimici ti arriveranno con il cibo.

Ok. Non chiamare o inviare messaggi a meno che tu non abbia mie notizie.

Va bene. Cancella questi messaggi.

Ci penso io.

Cancellai i messaggi perché sentii un leggero movimento dalla camera da letto.

Apparve la grande figura di Maykl. «Cosa stai facendo, piccola guerriera?» C'era una nota pericolosa nella sua voce.

«Scusa, ti ho svegliato?» Sembravo senza fiato. Andai in cucina e aprii la sua credenza, tirai fuori un bicchiere, poi lo riempii d'acqua. «Il jetlag mi ha sballato gli orari.»

Non disse nulla. Quando mi girai per affrontarlo e trangugiare mezzo bicchiere d'acqua, lo trovai che mi guardava, le sopracciglia abbassate, un'espressione cupa sul viso. La mia scusa era plausibile. Diavolo, probabilmente era anche vero. Almeno non mi aveva sorpresa mentre me ne stavo seduta alla sua piattaforma di sicurezza.

«Hai qualcosa che posso prendere per aiutarmi a dormire?»

«No.» Non era contento di me. «Torna a letto.»

Posai il bicchiere sul bancone e lo seguii obbediente fino al letto, cercando di calmare i nervi e placare il respiro.

Stavo rischiando grosso qui. Sedurre Maykl poteva essere stato un piacevole diversivo per noi due, ma certamente non aveva creato alcuna fiducia tra di noi.

Avrei dovuto fare un lavoro molto migliore se volevo convincerlo a portarmi al piano di sopra.

Ci infilammo sotto le coperte e io rotolai per mettermi di

fronte a lui. «Non sono stata del tutto onesta con te» gli offrii. Avevo bisogno di dargli di più. Dargli qualcosa in cui potesse credere. La verità.

Non disse nulla.

«Mia sorella è morta. Oggi ho identificato il suo corpo all'obitorio. Sto cercando suo figlio, mio nipote. Ho pensato che potesse essere qui.»

Maykl allungò il braccio e accese la lampada da comodino. «Chi è tuo nipote?»

«Mika Koslova. Ha quindici anni.»

Osservai attentamente il volto di Maykl, ma non vidi alcun barlume di riconoscimento. Scosse lentamente la testa, con un cipiglio deciso. «Cosa ti fa pensare che sia qui?»

«È venuto a Chicago con la bratva. Lui e mia sorella sono venuti entrambi. È successo... otto anni fa. Speravo» – lasciai trasparire la mia vera emozione nel tremito delle mie labbra – «speravo che potesse trovarsi qui.»

Maykl scosse lentamente la testa. «No, Kira. Mi dispiace. Non c'è nessuno qui di quell'età, né ho mai sentito il nome. Conosco tutti nell'edificio.»

Lacrime vere mi riempirono gli occhi e un singhiozzo mi ostruì la gola. Gli credevo.

Vide la mia emozione e mi cullò il viso, abbassando le labbra per piazzarmi un bacio in fronte.

Non ero abituata al fatto che qualcuno mi mostrasse tenerezza. Non ero cresciuta assaporandola, né me l'ero concessa nelle mie poche e lontane relazioni. Secondo il mio istinto, avrei dovuto respingerlo. Rimettere insieme i pezzi ed essere stoica.

Ma avevo intenzione di mostrargli qualcosa di reale, e ora che l'avevo fatto, stavo vacillando sul punto di perdere l'equilibrio. Le mie difese si erano abbassate e lui ci si era infilato dentro. E mi piaceva.

Questa era la parte più stupida.

Mi piaceva la sensazione di essere confortata da quell'uomo, proprio come mi piaceva essere legata da lui. C'era qualcosa in lui che mi faceva venire voglia di cedere un po' di controllo. Lasciarlo guidare.

«Quale bratva?» chiese Maykl, riprendendo il filo precedente della conversazione. «Gli uomini della fratellanza non hanno famiglie.»

Mi asciugai le lacrime. Ritornò quell'amarezza così familiare. «Non erano una famiglia. La bratva ha preso mia sorella come pagamento per un debito sedici anni fa. L'hanno messa incinta e le hanno rovinato la vita. È diventata la loro puttana per poter provvedere a sé stessa e al bambino. E a me.» Mi si contorse lo stomaco al ricordo di quegli anni. Di me che saltavo la scuola per prendermi cura del bambino mentre Anya cercava di guadagnare abbastanza soldi per mantenere un tetto sopra le nostre teste. C'era un costante senso di terrore, la paura che ci accadesse qualcosa di ancora peggiore.

Realizzavo solo ora che alla base di tutto c'era l'amore. La protezione. Perché alla tenera età di tredici anni, mi ero innamorata di quel bambino, come se fosse stato mio. E il mio bisogno di proteggerlo e tenerlo al sicuro aveva superato tutte le altre preoccupazioni.

Così, il fatto che Anya se lo fosse portato via quando si era trasferita a Chicago mi aveva fatto a pezzi il cuore.

Ma non avevo diritti. Non ero il suo vero genitore. Potevo aver pensato che lei fosse una madre inadatta – forse glielo avevo anche detto – ma non aveva fatto alcuna differenza. In effetti, avevo reso tutto molto peggio, alzando un muro tra di noi. Forse mi avrebbe chiamata prima se non ci fossimo separate con tanta cattiveria.

Pensai di cogliere uno sguardo di comprensione nell'espressione di Maykl – non potevo essere sicura se fosse perché conosceva mia sorella o perché un simile comportamento gli era familiare. Tutto quello che disse fu: «Mi dispiace.»

Rimanemmo in silenzio per qualche istante, poi dissi: «Allora posso stare qui con te? Mentre mi occupo dei preparativi per il funerale di mia sorella e faccio qualche domanda su Mika?»

Esitò e poi annuì. «Puoi stare con me.»

«Hai bisogno del permesso del tuo *pachan?*»

Si strofinò una mano sulla bocca. «Forse no. Se stai con me ed è temporaneo.»

Annuii. «Grazie.» Spense la luce. Parlai di nuovo. «Dovrei parlare con lui?» Dovevo ancora entrare nell'attico del leader. «Intendo dire, posso? Per chiedere di mio nipote?»

«*Da*. Ti ci porto domani.»

La tensione che provavo al petto si attenuò un minimo. Una piccola vittoria. Potevo piazzare le cimici e l'FBI avrebbe ottenuto ciò di cui aveva bisogno per abbattere la bratva. Poi mi avrebbero aiutato a localizzare Mika. Le cose avrebbero potuto funzionare per me, dopo tutto.

CAPITOLO QUATTRO

Maykl

Kira era intontita al mattino – senza dubbio perché il suo ritmo del sonno era sballato – ma rotolò giù dal letto quando mi alzai.

Dopo che si era arresa a me ieri sera – per quanto riguardava la sfera emotiva, non quella sessuale – volevo aiutarla. Capivo esattamente il tipo di vita che probabilmente aveva condotto. Anche io ero cresciuto nella bratva. Spinto da condizioni domestiche sgradevoli in una vita di violenza e crimine. Ricordavo ragazze come la sorella di Kira. Portate a lavorare per pagare debiti. O passate di mano in mano prima di dargli una mazzetta di rubli ed essere mandate a casa con uno schiaffo sul culo.

Capivo perfettamente perché si era presentata qui pensando di trovare suo nipote. I ragazzi come lui venivano spesso accolti e incorporati nella fratellanza, proprio come me.

Tutto quello che dovevano fare era strappare la loro anima dai corpi e impegnare il resto della vita a servire il loro leader.

Ero grato ogni giorno di non vivere più in quel livello di barbarie. Che Ravil fosse un tipo di leader diverso. Qui al Cremlino mi sentivo un essere umano. Sì, usavo ancora i pugni. Portavo ancora una pistola. Vedevo ancora la morte a volte. Ma tutto aveva una ragione.

Non vedevo mai crudeltà gratuita. Non vedevo schiavitù sessuale o stupro, fatta eccezione per quelle donne salvate dalla mia cellula. Come Nadja, la sorella del mio amico Adrian.

Feci una doccia veloce e, quando uscii, Kira era vestita e seduta sul letto. Oggi era più sottomessa. Meno Valchiria. Più come una sorella in lutto. Supponevo che ora che sapeva che suo nipote non era qui, non sentisse più il bisogno di starsene in assetto da guerra.

Vederla in questo modo mi fece venire voglia di essere quello che andava a combattere per lei. Mi vestii. Dovevo andare ad aprire l'edificio tra venti minuti.

«Ci ho ordinato la colazione.» Alzò il telefono. «Uber Eats.»

«Non dovevi farlo» le dissi. «Ho del cibo. Ma grazie.»

Sembrò sorpresa dal fatto che l'avevo ringraziata.

«Dov'è il corpo di tua sorella?» le chiesi.

Tanto valeva cominciare dalle cose difficili. Eliminarle dalla sua lista.

Ci fu ancora più sorpresa. Quegli occhi blu ghiaccio spaventati trovarono i miei. «All'obitorio.» Deglutì. «Ero troppo concentrata sulla ricerca di Mika ieri per prendere decisioni.»

Annuii. «Ci penseremo oggi.»

«*Noi?*»

Annuii.

«Non era per questo che eri intenzionata ad assicurarti la mia... *amicizia* ieri sera?» Alzai le sopracciglia, ricordandole la sua audacia, e lei arrossì, confermando il mio sospetto che il suo goffo tentativo di seduzione nei miei confronti fosse lontano dal suo comportamento normale. Ora che conoscevo il suo background, potevo capire perché pensava che avrebbe funzionato. Se sua sorella era stata impiegata come puttana della bratva, probabilmente pensava che fosse l'unica valuta che poteva funzionare qui.

Allargai le mani. «Ora hai me. Voglio aiutarti.»

Aprì le labbra e tirò un respiro stupito. «Grazie.»

«Devo andare ad aprire l'edificio per il fattorino di Uber Eats. Vuoi venire con me e aspettare?»

Si alzò dal letto. «Sì.»

Si tirò su gli stivali e io le presi la mano per accompagnarla all'ascensore. Era una strana sensazione tenerle la mano. Sembrava familiare ed estranea allo stesso tempo. Come se la sua mano appartenesse alla mia, anche se non avevo mai tenuto la mano di una donna prima in vita mia. Scendemmo in ascensore in un silenzio confortevole. Quando arrivammo alla porta, vidi il fattorino in piedi ad aspettare.

Inserii il codice per disattivare l'allarme, quindi strisciai la mia chiave magnetica per aprire la serratura. Non mi piaceva l'aspetto del fattorino. C'era qualcosa di sbagliato. La maggior parte dei ragazzi delle consegne erano giovani uomini trasandati, che avevano fretta di fare la loro consegna e partire per la successiva. Questo tizio sembrava troppo vecchio. Troppo sicuro.

Gli lanciai un'occhiataccia che non lo intimidì.

«Uber Eats per Kira?» grugnì, dando un'occhiata alla ricevuta. «Non c'era un numero di stanza.»

«Sono io.» Prese la borsa del vicino negozio di bagel e gli fece un sorriso che mi fece venire voglia di rompere i denti del tizio.

Lo guardai in cagnesco finché non se ne andò, osservandolo fino a quando non fu completamente fuori dalla vista.

Kira stava già frugando nella borsa. «Se mi dai la tua chiave magnetica, posso andare a prendere un paio di piatti.»

Infilai la mano e presi un bagel. «Non ce n'è bisogno. Sali e divertiti. Ho bisogno di rimanere alla mia postazione per qualche ora.»

«Va bene.»

Sembrava così bella alla luce del sole del mattino, la pelle pallida era messa in risalto da quelle labbra coralline. I capelli di seta le cadevano sulle spalle.

Le misi una nocca sotto il mento per spingerlo più in alto e sfiorarle le labbra con le mie. Avevo baciato delle donne prima. Ma la maggior parte della mia esperienza veniva dalle puttane nella mia cellula a Mosca. Nessuna che avevo mai voluto impressionare. O accudire.

Quindi quello mi sembrò quasi un primo bacio.

Era la prima volta che mi trovavo con una bella donna che mi guardava con gratitudine. La prima volta che avevo espresso il mio attaccamento attraverso il contatto delle nostre labbra. Lei rimase ferma lì. Muovendole dolcemente contro le mie.

Non ne chiesi di più. Non era il momento.

Dovevamo accordarci con l'obitorio. Lei aveva bisogno di mangiare. Io dovevo lavorare. Tuttavia, ne volevo un altro assaggio. Rubai un altro bacio. Uno più profondo. Senza lingua, ma con le labbra inclinate sulle sue, suggellando la mia promessa di aiutarla.

Quando lo interruppi, lei si appoggiò a me, la pelle arrossata di colore, gli occhi illuminati in contrasto.

«Uhm. Va bene.» Fece una risatina trafelata. «Ti aspetto nel tuo appartamento.»

Le porsi la mia chiave magnetica. «È il 303» le dissi, nel caso in cui non avesse preso nota del numero dell'appartamento.

«Sì. Mi trovi lì.»

«Bene.» Ignorai l'agitazione che si era alimentata al pensiero di averla nel mio appartamento. Il senso di orgoglio che mi produceva. La possessività. Come se lei mi appartenesse ora. Il che, ovviamente, non era nemmeno lontanamente verosimile. Inoltre, sapevo già cosa succedeva quando ci si affezionava a una donna e poi questa se ne andava.

Sarei stato uno sciocco a concedermi qualsiasi sentimento quando si trattava della mia adorabile guerriera. Non era mia, e non sarebbe rimasta.

Ma se avessi dovuto scegliere una donna per farla mia, sarebbe stata una come lei...

* * *

Kira

Mollai il sacchetto di bagel sul bancone della cucina di Maykl. Trovai una bustina di plastica impacchettata all'interno dei tovaglioli che conteneva una dozzina di minuscoli dispositivi. Ognuno di essi aveva un supporto adesivo, che li rendeva facili da attaccare nelle posizioni che avrei scelto.

Le cose non sarebbero potute andare in modo migliore.

Aprirmi con Maykl la sera prima era stata la mossa giusta. Lasciando da parte il mio imbarazzante e ovvio tentativo di sedurlo, avevo interpretato tutto il resto nel modo giusto. Ora ero totalmente in sintonia con Maykl. Potevo stare nel suo appartamento. Mi avrebbe portata al piano di sopra per incontrare il suo *pachan*.

E per di più, sembrava volermi aiutare con i preparativi per il funerale di Anya.

Che era... inaspettato. E dolce.

Mi attraversò una fitta di senso colpa per il fatto che lo stavo ingannando. Stavo approfittando della sua gentilezza.

Ma la bratva approfittava degli innocenti tutto il tempo. Ogni giorno, ne ero sicura.

Mi dispiaceva perché sembrava che Maykl fosse uno dei pochi individui decenti, ma non potevo lasciare che questo fermasse la mia missione.

L'FBI aveva bisogno di informazioni sulla bratva e, in cambio, mi avrebbe aiutato a trovare Mika.

Questo era tutto ciò che contava.

Tolsi le cimici dal sacchetto di plastica e me le misi in tasca, in modo che fossero facili da afferrare. Avevo l'opportunità di piazzarle in tutto l'edificio ora, ma non senza prima disabilitare il feed di sicurezza, e non potevo farlo mentre Maykl era in servizio. Forse di notte, una volta che si fosse addormentato. Ma le avrei tenuti con me, in modo che se avessi visto l'opportunità di piazzarne una, avrei potuto farlo.

Chiamai Stepanov, anche se a Mosca era tarda sera.

«Hai preso le cimici?»

«Sì, signore. Le ho, e dovrei avere l'opportunità di piazzarle nell'ufficio del *pachan* più tardi oggi.»

«Eccellente. Buon lavoro, Koslova.» Il mio supervisore sembrava eccitato, quasi più entusiasta del normale a giudicare dalle sue lodi. Forse credeva che impressionare l'FBI gli avrebbe portato in qualche modo un riconoscimento. «Sono sicuro che con te in quell'edificio, saranno in grado di ottenere tutte le informazioni di cui hanno bisogno per abbattere la cellula. Potrei prendere un volo io stesso per facilitare le cose.»

Mi fermai per metabolizzarlo. «Davvero, signore?»

«Non mi piace l'idea di te lì dentro senza qualcuno che ti guardi le spalle. Anche se non posso essere nell'edificio con te, mi piacerebbe essere disponibile su base regolare.»

C'era qualcosa che non andava. Stava usando questa storia come scusa per lavorare a stretto contatto con me? Nutriva ancora qualche tipo di interesse per me che si estendeva oltre la mia posizione?

«Stanno cercando il nome di tuo nipote nel database proprio ora. I loro database sono più estesi di quelli del dipartimento di polizia di Chicago. Se tuo nipote è vivo, dovremmo essere in grado di trovarlo ora.»

Per la prima volta da quando ero arrivata in questo Paese, un briciolo di speranza mi sbocciò in petto. «Grazie, signore. Questa è una grande notizia.»

«Sì. Ascolta, Koslova. Mi aspetto rapporti regolari da te, così da sapere che sei al sicuro. Capito?»

«Sì, signore. Farò rapporto due volte al giorno.»

«Molto bene. Continua così.»

«Grazie, signore.» Terminai la chiamata e spalmai la crema di formaggio su un bagel. Stavano cercando Mika. Presto, spero – avrei anche pregato se fossi stata il tipo di persona che pregava – mi sarei riunita con il ragazzo per cui avrei fatto qualsiasi cosa.

E se fossi riuscita ad abbattere un ramo dell'organizzazione responsabile dell'uccisione di mio padre, allora sarebbe stata solo la ciliegina sulla torta.

CAPITOLO CINQUE

Maykl

Gleb mi diede il cambio alla porta alle dieci.

Era un fratello bratva di settant'anni con problemi respiratori, ma era duro come la roccia. Non era meno pericoloso di ognuno di noi. Forse lo era anche di più perché era della vecchia scuola. Era arrivato da noi quest'anno da una cellula del New Jersey.

Lui e un altro fratello della bratva, Dimitri, lavoravano sotto di me come portieri, e avevo un'altra mezza dozzina di soldati che impiegavo per gestire la sicurezza secondo necessità.

Gli dissi che sarei stato via per il pomeriggio, ma che avrebbero dovuto chiamarmi al cellulare o avvisare quelli nell'attico se succedeva qualcosa.

Poi andai al piano di sopra e trovai Kira. Quando entrai, lei si trovava sulla schiena con le dita dei piedi nascoste sotto il divano, facendo addominali.

«Non ti fermare» dissi quando si fermò immediatamente e rotolò su un fianco. «Sei bellissima.»

«Mentre faccio gli addominali?» si schernì.

«*Da.*» Annuii e mi allontanai dalla porta. «Mi piace il tuo lato guerriero. La forza femminile è affascinante.»

Strisciò e si mise in piedi. «Sei pazzo» mormorò, ma notai la sfumatura di rosa che le aveva tinto il collo. Sospettai che le piacesse essere riverita per qualcosa di diverso da quel viso perfetto.

«Sei pronta per andare alle pompe funebri?»

«Uh, sì. Ma Anya è ancora all'obitorio. Non ho ancora preso accordi.»

Annuii. «Mi sono già accordato con l'obitorio. Stanno andando a prenderla ora.»

Rimase di sasso, il suo bel mento inclinato verso l'alto.

«Grazie.» Pronunciò le parole in modo dolce, con timore reverenziale come se nessuno fosse mai stato gentile con lei.

Sapevo come ci si sentiva.

Mi rendeva ancora più determinato ad aiutarla.

«Vieni. Andiamo.» Presi il suo cappotto di lana e glielo porsi per farle infilare le braccia. Era un'azione da gentiluomo, e io non ero un gentiluomo. Non sapevo nemmeno come fosse nato questo istinto in me, eppure mi sembrava così naturale onorarla in questo modo.

Infilò le braccia nelle maniche e annodò la cinta intorno alla vita. Io indossai una giacca di pelle nera e le presi la mano per condurla agli ascensori.

La portai giù al garage, Kira armeggiò nervosamente con il corrimano nell'ascensore mentre scendevamo. Poi la condussi alla mia Ford Bronco e le aprii la portiera.

Fuori, la neve aveva iniziato a cadere in fiocchi spessi che si scioglievano quando colpivano il parabrezza. Le strade erano un disastro, ma le percorsi tranquillamente, conoscendo il centro e i percorsi migliori da prendere.

«Perché stai facendo questo per me?» disse, rompendo il silenzio.

Feci spallucce. «So cosa vuol dire essere soli in un posto straniero.»

Mi lanciò un'occhiata di traverso. «Sei venuto qui da solo?»

«Sì, ma non è stato così. Venire qui non è stato così difficile. Nemmeno imparare una nuova lingua»

«E allora cosa?»

Non sapevo cosa me lo fece dire. Avevo questo bisogno di mostrarle che capivo la miseria che sua sorella aveva sopportato, pensai. Anche se non avevo sofferto come lei. «Quando mi sono unito alla fratellanza. Avrebbe dovuto... rendermi libero. Ma mi ha solo reso ancora più schiavo di una vita di violenza.»

Ora avevo la sua piena attenzione. «Perché ci sei entrato?»

Feci spallucce. «Ero giovane. Mia madre mi ha abbandonato. Mi ha lasciato con mio padre, un violento. La bratva mi ha messo una pistola in mano e mi ha detto che potevo liberarmi.»

Kira inclinò la testa e il suo sguardo cadde sulle sue mani.

«Una storia comune, ne sono sicuro. La promessa di una vita migliore. Potere, denaro e libertà dagli abusi.»

Lei guardò di nuovo. «Ti sei liberato dagli abusi?»

Sbuffai. Il mio corpo era coperto di cicatrici della violenza esercitata dai miei fratelli e dai nemici della fratellanza.

Guardò dritto verso il parabrezza innevato. «Certo che no.»

Arrivammo alle pompe funebri e parcheggiai la Bronco. Kira scese ed entrammo.

«Signora Koslova?» La donna alla reception ci salutò quando entrammo.

Kira sembrò sorpresa. «Sì.»

«Seguitemi» disse l'addetta alla reception, accompagnandoci in un corridoio. «La direttrice arriva subito per discutere i dettagli con voi.»

Ci lasciò soli in una stanza con un grande tavolo al centro e scaffali di vetro retroilluminati lungo due pareti, che mostravano tutte le varie opzioni per i morti. Il labbro superiore di Kira si arricciò di disgusto mentre camminava, guardando la presentazione.

«Si possono fare pietre preziose dalle ceneri di una persona? Ah.»

«Kira, non scegliere in base al costo. Coprirò io le spese.»

«*Perché?*» Sembrava quasi arrabbiata.

«Perché voglio farlo. La bratva le ha rovinato la vita. Pagare per il funerale sembra il minimo che possiamo fare.»

«La...» Si sforzò di deglutire. «La conoscevi, Maykl?»

«Conoscevo molte donne come lei» dissi con voce stanca.

Lei annuì e si allontanò, sbattendo le palpebre per ricacciare le lacrime mentre prendeva in mano un libro che mostrava le varie opzioni di bare e lo sfogliava.

«Vuoi seppellirla qui?» le chiesi. Quando mi rivolse uno sguardo vuoto, chiarii. «In America?»

«Oh.» Era come se non avesse considerato cosa avrebbe significato seppellirla. «No.» Scosse la testa, l'agitazione le fece salire le spalle verso le orecchie.

«Vuoi che il corpo venga trasportato a casa?»

«No.» Sembrò disgustata dall'idea. «Credo di volere... le sue ceneri.»

«Quindi stai pensando alla cremazione?» La direttrice delle pompe funebri entrò nella stanza. Era una giovane donna in un abito blu scuro con un'espressione appropriatamente cupa. «Sì.»

«Sedetevi. Possiamo esaminare le opzioni e compilare i documenti necessari.»

Novanta minuti dopo, gli accordi erano stati fatti. Nonostante la mia offerta di coprire qualsiasi spesa, Kira aveva optato per le opzioni più basilari. Un contenitore di cartone da cento dollari per le ceneri. Nessuna messa. Nessun ricordo. L'intero costo era di milleduecento dollari, che avevo pagato in contanti. Più altri cinquemila per concludere entro domani invece delle due settimane che ci aveva originariamente preventivato. Non avevo pagato per senso di colpa. Non mi sentivo direttamente responsabile in alcun modo della morte di quella donna. Ma guadagnavo bene lavorando per Ravil. Avevo un gran bel gruzzolo da parte. I soldi non erano niente per me, e se potevo aiutare Kira a superare il suo dolore con più facilità, volevo farlo. Soprattutto quando Kira mi offrì un morbido «grazie, Maykl» quando salimmo in macchina. Le presi la mano e gliela strinsi. Quando mi guardò con quegli occhi blu ghiaccio, vidi una vulnerabilità nello sguardo che mi fece stringere il petto. La guerriera non c'era più, e la donna al suo posto sembrava persa.

* * *

Kira

Mi ci volle quasi tutto il pomeriggio per riprendermi dalla gita alle pompe funebri. Il mio dolore era sempre stato coperto di rabbia. Alimentava la mia forza. Mi aveva fatto entrare nella *politsiya*. Non che avessi illusioni riguardo al fatto che la polizia avrebbe risolto il crimine e la corruzione nella mia città. Semplicemente non volevo sentirmi debole. Volevo essere in grado di gestire me stessa. Portare un'arma e avere a disposizione un po' più di potere rispetto al cittadino medio.

Qualcosa nell'avere la figura solida di Maykl accanto a me, che mi faceva sentire come se qualcuno mi guardasse le spalle per la prima volta in così tanti anni, aveva reso il dolore più simile al... dolore. Qualcosa di doloroso e appiccicoso che non riuscivo a scrollarmi di dosso. Maykl mi aveva portato a pranzo dopo le pompe funebri e poi di nuovo all'edificio. Il suo *pachan* non era stato disponibile a vedermi oggi, così mi aveva lasciata nel suo appartamento mentre lui era tornato al lavoro per un turno serale.

Mi ero fatta la doccia. Avevo fatto qualche altro esercizio nel salotto di Maykl. Ora ero pronta a fare rapporto a Stepanov.

«Koslova.» rispose immediatamente. «Ho sentito che due delle cimici sono già online.» «Sì, signore. Ne ho messa una in ogni ascensore. Stasera disattiverò le telecamere di sicurezza e posizionerò le altre in tutto l'edificio. Domani vedrò il loro *pachan.*»

«Ottimo lavoro. Parlami del sistema di sicurezza.»

Esitai. Perché il mio capo era così intensamente interessato a questa missione? Era di certo molto più interessato di quanto non si fosse mai mostrato sui miei casi a casa.

«Ha deciso di volare qui, signore?»

«Sì. Ora sono in viaggio.»

Questo mi tolse il fiato. «Davvero?»

«Sarò lì entro mezzanotte. L'FBI chiede una descrizione completa dell'edificio, comprese le uscite e gli ingressi, nonché i dettagli sulla sicurezza e sul sistema di ventilazione. Si aspettano problemi quando entreranno per gli arresti e vogliono essere preparati.»

Appoggiai la testa contro la finestra che si affacciava sul lago. L'idea di una resa dei conti qui in questo edificio mi fece venire i nodi allo stomaco. Se fosse accaduto, della gente sarebbe morta. Molte persone da entrambe le parti.

Non mi sarebbe dovuto importare, ma Maykl avrebbe potuto essere ucciso. Era proprio davanti alla loro porta. Il loro guardiano. Sarebbe stato la prima linea di difesa.

Dopo la generosità che mi aveva dimostrato oggi, tradire la sua gentilezza e ospitalità non mi sembrava più una vittoria. Ma non ero venuta qui per fare amicizia. Ero venuta a prendere mio nipote e ad abbattere la bratva.

Approfittare di Maykl era il mio biglietto per quell'obiettivo finale.

Quel pensiero però non calmò il disagio che mi faceva salire i brividi sul collo.

Rimisi comunque il cervello al lavoro. «Le serrature sono tutte elettroniche, attivabili con chiavi magnetiche. C'è una tastiera alla porta d'ingresso. Credo che il codice sia 87847. Posso verificarlo con certezza stasera.»

L'avevo memorizzato quando avevo visto Maykl richiudere la notte in cui ero arrivata. Aveva protetto lo schermo dalla mia vista, ma io avevo osservato i movimenti del suo dito e, usando una mappa mentale della tastiera, avevo intuito la sequenza.

«Ci sono telecamere sopra l'ingresso esterno e in ogni corridoio e ascensore, ma non negli appartamenti. Almeno, non che io abbia visto.»

«E sai come disabilitare il feed di sicurezza?»

«So come farlo.» Il mio ultimo caso aveva riguardato la violazione di un sistema come questo. L'esperto che avevamo consultato mi aveva spiegato esattamente come era stato fatto. «Qualche novità su Mika?»

«Non ancora, ma è passato solo un giorno. Ci stanno lavorando. Non preoccuparti. Hanno le risorse necessarie per localizzare il ragazzo. Come sta il *tuo amico*?»

Esitai. Stepanov era geloso? No, era ridicolo. Voleva solo che gli facessi un rapporto esaustivo.

«Mi sembra di aver conquistato la sua fiducia.»

«Ottimo lavoro.»

Attaccai e, irrequieta, mi diressi al piano di sotto. Forse potevo esplorare l'edificio prima che facesse buio. Fingendo di essere voltata per le telecamere che mi controllavano, girai dalla parte sbagliata dall'ascensore e arrivai in quello che sembrava essere uno spazio commerciale. Sulla porta c'era appeso un cartello con la scritta "Kremlin Clay". Provai la maniglia e si aprì. All'interno una giovane donna vestita con pantaloncini corti di flanella a quadri nonostante fosse inverno si trovava a cavallo di una ruota di ceramica che girava. Le sue mani bagnate guidavano amorevolmente un pezzo di argilla per formare una ciotola.

I suoi capelli scuri pendevano in due lunghe trecce. Una frangetta le incorniciava gli occhi. Fece un sorriso gentile nella mia direzione. «Ciao.»

Questa scena era così lontana da qualsiasi cosa avrei mai potuto trovare in una roccaforte bratva a Mosca che mi fermai e guardai, folgorata.

«Ti sei persa?» mi chiese.

Parlava inglese ma con un accento che non era americano. Non conoscevo l'inglese abbastanza bene per identificarlo. Inoltre, non pensavo che fosse la sua lingua madre.

«Oh. Uhm, sì. Voglio dire, ho visto il cartello e mi sono chiesta cosa ci fosse dentro.»

La giovane donna continuò a modellare l'argilla, tirando il bordo della ciotola sempre più in alto. «Sei russa. Chi conosci qui?»

«Maykl.» Indicai con il pollice in direzione della reception. «Sto con lui.»

«Davvero?» Fermò la ruota e l'argilla crollò in un mucchio informe. Quasi sussultai per la perdita. «Non ne ha mai parlato.» Si alzò dalla ruota. Indossava un grembiule sopra una sorta di adorabile camicetta aderente con colletto arrotondato. Era sexy in modo ingenuo. Andò al lavandino e si lavò via l'argilla dalle mani.

Approfittai dell'occasione per infilare una cimice sotto uno degli armadietti appesi al muro.

«Sono Kat. La ragazza di Adrian.»

La guardai inespressiva.

«Adrian e Maykl sono amici. Tu come lo conosci?»

Fui tentata di mentire, ma sapevo che mi si sarebbe ritorto contro. «Oh. Uhm, ci siamo incontrati di recente. Mia sorella è morta e mi sta aiutando con la burocrazia.»

«Mi dispiace per la tua perdita.» Kat si avvicinò e allungò la mano.

«Piacere, Kira» dissi, rendendomi conto di non essermi presentata.

«Tu e Maykl siete...» Sollevò le sopracciglia.

«Sì» dissi, ma solo perché stavo recitando un ruolo qui. Normalmente, avrei negato di essere in intimità con qualsiasi altro essere umano.

«Beh, è bello conoscerti. Benvenuta al Cremlino.» Il suo sorriso era contagioso. Era accattivante. Niente in lei assomigliava al tipo di donna che si sposava con un membro della bratva a Mosca. Niente in lei gridava tossicodipendente. O schiava sessuale o neanche qualcuno che fosse stato torturato, usato o posseduto dalla bratva. Al contrario, c'era una vivacità in lei che non avevo mai visto prima. Era... splendida.

Mi sentii soffocare. Come se avessi vissuto tutta la mia vita senza rendermi conto che quel tipo di vitalità era possibile. E ora che lo sapevo, non volevo strisciare di nuovo nella mia triste esistenza.

Odiavo questa bella giovane donna tanto quanto volevo bere della sua vitalità.

Ancora una volta, questa anomalia in un edificio controllato dalla bratva mi spiazzò. Mi mostrava quanto poco sapessi del nemico da cui ero venuta a infiltrarmi.

«Ti interessa la ceramica?»

«Io... sì» dissi, anche se non avevo mai neanche lontanamente pensato alla ceramica. Era così lontano dalla mia vita. «Ero affascinata guardandoti. Per favore, non interrompere a causa mia. Insomma, anche se ti ho già interrotta.»

Kat rise leggermente. «Vuoi provare?»

«Io? No» dissi di fretta. Non mi piaceva fare le cose in cui non ero brava.

«Dai.» Il sorriso di Kat era caloroso. «Secondo me vuoi provare. È divertente.»

Aprì un cassetto e tirò fuori un grembiule pulito, che mi porse. Me lo infilai dalla testa e me lo allacciai dietro, anche se il mio cervello protestava contro questa follia che prevedeva me che cercavo di fare una ciotola.

Kat mi portò alla ruota. «Siediti.» Mi porse il grumo di argilla che si era accartocciato quando si era fermata. «Bagnati le dita e trasformalo in una palla.» Intinsi le dita nella tazza di acqua fangosa e schiacciai l'argilla. Era più soddisfacente di quanto mi sarei aspettata. Reattiva. Facile da modellare.

Mi indicò il pedale. «Da lì avvii la ruota e puoi controllare la velocità.»

«Inizia lentamente» rise quando partii a razzo. «Ok, ora posiziona l'argilla proprio al centro, ma tieni le mani intorno.»

Continuava a parlarmi premendo i pollici verso il basso al centro per separare l'argilla. Oscillò fuori centro e si trasformò in un blob, e mi fermai con una risata imbarazzata.

«Ci vuole tempo» mi assicurò Kat. «All'inizio nessuno lo capisce. Le ore alla ruota sono l'unico modo per imparare. Fai un altro tentativo.»

Provai ancora un paio di volte. Era facile capire come potesse creare dipendenza.

«Non sei russa?» chiesi, facendo conversazione. «Ho sentito che solo i russi vivono qui.»

«Sono Ucraina. Quasi tutti qui sono russi, ma ci sono alcune eccezioni.» Mi sorrise. «Per amore.»

«L'amore è permesso nella bratva?» Non ero sicura di

essere autorizzata a menzionare la fratellanza, ma non avrei saputo nulla se non mi fossi spinta dentro.

«Di solito no.» Kat appoggiò un'anca contro il bancone mentre mi alzavo per lavarmi via l'argilla dalle mani. «Quando un *pachan* si innamora, deve cambiare le regole per tutti, no?» Digerii queste informazioni. Non conoscevo ancora nemmeno il nome del *pachan,* ma sentire che un leader spietato aveva un cuore sembrava fuori dal personaggio. Non ero una che credeva nelle storie d'amore o nei lieto fine, ma sembrava che l'amore potesse davvero trafiggere anche le anime più nere.

«Quindi, la sua ragazza non è russa?»

«Sua moglie. No, è americana. Ci sono altre due donne americane qui. E io.»

«È un posto sicuro?» mi ritrovai a chiedere, anche se stavo abusando della mia fortuna.

Kat non sembrò offendersi. «Oh sì. Siamo molto sicuri. Maykl sorveglia la porta e Dima controlla tutto da remoto. Ed è tutto molto civile. Qui non succede mai nulla di illegale.»

Sembrava così sicura. Maykl aprì la porta ed entrò. Il mio corpo reagì immediatamente alla sua presenza. La sua figura grande e imponente mi colpì chimicamente. Tutto si riscaldò e si sciolse. Si rilassò e si eccitò allo stesso tempo.

«Eccoti qui. Non puoi vagare per l'edificio non accompagnata, piccola guerriera.»

Andai immediatamente al suo fianco e lui mi posò una mano sul fianco. Fu un gesto tranquillo e confortevole. Una rivendicazione leggera. Avrei voluto rifiutarla e accettarla allo stesso tempo.

«Mi dispiace. Ho imboccato la strada sbagliata dall'ascensore, e poi quando ho visto Kat alla ruota, sono rimasta folgorata.»

Era solo una parziale bugia.

Mi avvicinò al suo fianco. «È incredibile vedere l'argilla trasformarsi in pochi secondi, non è vero?»

Qualcosa che assomigliava al dolore mi si insinuò nel petto. Non sapevo di cosa si trattasse. Qualcosa legato a quest'uomo e a quello che mi faceva. Legato allo scoprire che poteva parlare di cose ordinarie e artistiche come la lavorazione dell'argilla. Sapere che apprezzava queste cose. Che non era fatto solo della violenza e dei crimini raffigurati sulla sua pelle.

Ma mi scrollai di dosso il pensiero. Sentimenti del genere erano pericolosi.

Stasera avrei tradito Maykl. Desiderare un epilogo diverso avrebbe reso solo tutto più difficile.

CAPITOLO SEI

Kira

Per la seconda notte di fila, mi svincolai dai confini del braccio pesante di Maykl dopo aver fatto del sesso strabiliante e mi alzai dal letto. Indossai la sua maglietta e andai silenziosamente in salotto. Lì, disabilitai il feed di sicurezza dagli schermi di Maykl e interruppi la registrazione. Il prossimo compito era trovare la chiave magnetica di Maykl. Cercai vicino alla porta d'ingresso. Niente.

Bingo. La trovai sul bancone della cucina.

Dovevo tornare prima che Maykl passasse dal sonno profondo alla fase rem. Infilai le cimici nella sacchetta che avevo nascosto in precedenza nella custodia del mio telefono: lo avevo lasciato in salotto per facilitare la via d'uscita. Lo presi, scivolai fuori dalla porta e cercai una tromba delle scale antincendio nel caso in cui le attivazioni della chiave magnetica fossero tracciate nell'ascensore. La trovai, scattai una foto e feci i quattro piani fino al garage.

Lì, trovai il sistema di ventilazione. Scattai altre foto, mostrando l'ingresso, la porta delle scale, il sistema di ventilazione e l'ascensore.

Mandai un messaggio a Stepanov, scrivendoglieli uno per uno, quindi cancellai gli invii e le foto dal mio telefono.

C'era una tastiera all'esterno della porta della tromba delle scale.

Provai il codice che aveva digitato prima Maykl sulla porta. Funzionò.

Rientrai per riattivare la serratura e mi diressi al piano di sopra.

La porta per il primo piano si aprì proprio dietro alla reception.

Provai il codice sulla tastiera delle porte anteriori. Funzionò anche lì.

Mandai un messaggio a Stepanov per dirglielo. Scattai le foto della porta, delle telecamere di sicurezza, della tastiera e le inviai tutte, attenta a cancellarle subito dopo. Successivamente, piantai una cimice sotto la scrivania di Maykl. Poi provai i cassetti, ma erano tutti chiusi a chiave. Avrebbero potuto contenere informazioni relative alla sicurezza dell'edificio o al sistema di ventilazione. Cercai una graffetta e ne trovai una sulla bolla di consegna su una ricevuta. La raddrizzai e caddi in ginocchio davanti al cassetto della scrivania. Ci volle un po' di lavoro, ma lo aprii.

Dentro però non c'era nulla. Insomma, solo spazzatura. Oggetti casuali, dall'aspetto abbandonato. Niente di importante.

Provai il cassetto superiore. Fu un po' più facile smuovere il lucchetto, ma non conteneva nulla di interessante. Penne. Post it. Alcuni biglietti da visita. Il rumore morbido di un passo fu il mio unico avvertimento prima di essere afferrata da dietro, con una mano sbattuta sulla bocca, un avambraccio di ferro alla trachea.

«Cosa stai facendo, piccola Valchiria?» Mi ribellai, gli diedi una gomitata alle costole, un calcio alle palle. Mi liberai e afferrai la sedia da ufficio, sollevandola mentre giravo per lanciarla contro la figura solida di Maykl.

La intercettò con il braccio, e mi colpì in testa prima di schiantarsi sul pavimento di marmo. Lo presi a calci nello stomaco e corsi verso la porta. Non feci nemmeno un passo, però. Mi afferrò il polso, lo strattonò fino a quando non caddi in ginocchio gridando. «Arrenditi, Kira» ringhiò. «Il tuo gioco, qualunque esso sia, è finito.»

* * *

Maykl

Bliad. Sapevo che questa donna era un problema, eppure l'avevo lasciata entrare comunque nell'edificio. Mi ero convinto a credere che fosse innocente. Che tipo di guardiano ero? La vergogna e la rabbia mi bruciavano in gola. Il senso di colpa mi avvolgeva il petto. Mi ero impegnato a fondo per rendermi utile e degno della fiducia di Ravil, il nostro bratva *pachan*. Servirlo era un onore. Era un leader unico nella bratva. Era pericoloso, sì, ma non malvagio. Non corrotto. Comandava basandosi sulla fiducia, non sulla paura. Ora dovevo andare da lui e spiegare che avevo lasciato entrare una donna nel nostro territorio nonostante quello che mi aveva detto il mio istinto. Che avevo lasciato che fosse il mio cazzo a decidere.

Costrinsi Kira ad alzarsi, a prendere il telefono che aveva inspiegabilmente portato qui, e la feci muovere verso l'ascensore, strappandole la chiave magnetica di mano.

Avevo fatto le scale quando mi ero reso conto che aveva lasciato il mio appartamento. L'avevo vista sul feed video accovacciata dietro alla mia scrivania e non volevo che l'ascensore la avvisasse del mio arrivo.

«Cosa stavi cercando?» ringhiai dopo che le porte dell'a-scensore si furono chiuse.

Non disse nulla.

Non c'era più modo di fingere di essere amici. Niente più tentativi di seduzione.

«Chi sei veramente, Kira Koslova?»

Ancora una volta, rimase in silenzio. Non mi fidavo abbastanza di lei da mollare la presa sul suo braccio, anche se sapevo che le faceva male. Era stata addestrata a combattere. Non era una ragazza innocente che vagava per strada. Non che io avessi mai commesso l'errore di supporre che lo fosse.

Ma chiunque fosse questa donna, era capace di cavarsela, e sarei stato un idiota a sottovalutarla di nuovo. La girai e la spinsi contro il muro soffocandola con le dita.

«Chi ti ha mandato?» gridai.

Ansimò.

«Chi?»

«Nessuno» disse con voce soffocata.

Non le credevo, ma mollai comunque la presa. Stava già diventando rossa. Le impronte delle mie dita spiccavano sul suo adorabile collo di cigno. Mi odiavo per questo, anche se doveva essere fatto. Le bloccai le mani dietro alla schiena e la accompagnai al mio appartamento. E adesso?

Era notte fonda. Non avevo intenzione di svegliare Ravil per questa situazione.

Soprattutto non fino a quando non ne avessi saputo di più. Per qualche inspiegabile ragione, ero riluttante a dirglielo. Non perché temessi la sua rabbia, anche se mi sarebbe dispiaciuto affrontare la sua ira o addirittura deluderlo.

No, era più che altro che non sopportavo di consegnarla alla mia cellula.

Andava interrogata. Considerando quanto fosse esperta e senza paura, sospettavo che non avrebbe rivelato facilmente i suoi segreti. Il che avrebbe implicato la tortura.

Gli uomini della mia cellula ne erano pratici. Pavel, soprattutto, anche se ora era a Los Angeles. Adrian poteva essere particolarmente crudele. Erano tutti intrisi di violenza, anche se si sarebbe capito difficilmente dalle apparenze, considerato quanto sembrassero morbidi con le loro donne.

Il pensiero di una goccia del sangue di Kira che si riversava sul loro telo di plastica mi fece stringere i pugni. Mi aveva procurato dolore fisico vedere la gamba metallica di quella sedia da ufficio colpirle la tempia.

Grazie al cielo non sembrava che ne fosse stata troppo danneggiata, *cazzo*. Tenni i suoi polsi bloccati nella mia mano mentre aprivo il cassetto della scrivania e tiravo fuori un rotolo di nastro adesivo argentato. Glielo avvolsi liberamente intorno ai polsi, assicurandoli dietro alla schiena. Mentre lo facevo, l'orlo della mia maglietta salì nella parte posteriore, rivelando il suo culo nudo.

Il mio cervello si impallò. Si fermò.

Si riavvolse. Si era intrufolata al piano di sotto per perquisire la mia scrivania, nuda? O praticamente nuda? E poi: adoravo fottutamente la vista di lei nella mia maglietta larga. Prima ancora di pensarci, la tenni bloccata sulla mia scrivania e le sculacciai il culo velocemente e con forza.

Era infinitamente soddisfacente tirare fuori la mia aggressività residua sul suo splendido culo. Esprimere la mia irritazione e il fastidio per la bravata che mi aveva tirato, senza effettivamente farle del male. Perché anche se non l'avevo ammesso a me stesso, sapevo già la verità: ero incapace di versare il suo sangue. Non ci sarebbe stata nessuna tortura dell'acqua. Nessun dito tagliato o rimozione delle unghie.

Non potevo permettere a nessuno dei membri della mia cellula bratva di torturarla.

Il che significava che avevo un problema ancora più

grande: come potevo ottenere da lei le informazioni di cui avevo bisogno?

A parte l'iniziale sussulto di sorpresa, era rimasta in silenzio durante le sculacciate, spostando solo i fianchi a destra e a sinistra e saltellando sui piedi. Continuai a farlo finché non mi calmai. Non aveva lo scopo di insegnarle una lezione o qualcosa di stupido.

Era per la mia soddisfazione. Un modo per liberare la mia frustrazione e premiare la mia libido. Per ricordare com'era, quando si contorceva sotto di me poco più di un'ora fa.

Mi fermai e strofinai la sua pelle riscaldata, il cazzo mi crebbe contro la cerniera. Non avrei dovuto. Davvero non avrei dovuto. Ma poiché si era già data a me due volte, avevo questo senso di proprietà. Come se lei mi appartenesse. Come se fosse mia, e potessi farne quello che volevo. Così lasciai che i miei polpastrelli vagassero tra le sue gambe.

Quando scoprii che era bagnata, dovetti digrignare i denti per trattenere il ringhio della soddisfazione. Ma no. Nessuno di noi due avrebbe avuto più sollievo stasera. Ora era mia prigioniera.

Quel pensiero mi spinse a dare un altro schiaffo forte sul culo arrossato.

La spinsi a sedersi su una delle mie sedie della cucina con lo schienale dritto dove le attaccai le caviglie alle gambe.

Oh, cazzo. Ora le sue ginocchia erano divaricate. Quella carne succosa era a vista, e mi stuzzicava.

Alzai lo sguardo verso il suo. Gli occhi erano spalancati, quelle labbra color corallo aperte. Il respiro tremava affannato mentre entrava e usciva.

Certo, lei sapeva cosa stavo pensando. Si stava chiedendo in quale direzione sarebbe andata questa cosa.

Raddrizzai le spalle e mi alzai. Non ancora. Non era il mio giocattolo. Era una nemica che aveva cercato di oltrepassare le mie porte. Non glielo avrei permesso. Le avvolsi diversi giri di nastro intorno al petto per assicurarla allo schienale della sedia, quindi controllai nella sua borsa. Non trovai nulla di interessante.

Esaminai il suo telefono, dato che lo aveva portato con sé al piano di sotto, controllando i messaggi o le chiamate recenti, ma non ce n'erano. Quasi come se fossero stati cancellati.

Ma forse aveva portato il telefono solo per usare la torcia.

Cosa stava facendo alla mia scrivania?

Presi un impacco di ghiaccio dal congelatore per la sua testa. Lo avvolsi in un asciugamano e glielo portai. Certo, ora dovevo tenerglielo io perché aveva le mani legate. Mi misi a cavalcioni del ginocchio e premetti il ghiaccio contro il bernoccolo gonfio sopra all'occhio sinistro. Usai l'altra mano per afferrarle la testa e tenerla in posizione. Le tirai su il viso.

Mi guardò da sotto le ciglia pallide.

«Un movimento e potrei spezzare questo tuo bel collo.»

Spostò lo sguardo per fissarmi il petto. «Non lo farai.»

Aveva uno sguardo testardo e risoluto.

Bliad.

Sapeva già che ero troppo morbido per farle del male.

«Cosa ti rende così sicura?» Forzai un tono burbero. Minaccioso.

Normalmente, spaventavo sia le donne che gli uomini. Ero grande, coperto di tatuaggi e sembravo uno che poteva mangiarsi le loro madri a colazione.

Il suo sguardo corse a sinistra e si ricentrò. «L'impacco di ghiaccio è stato un grande indizio.»

Giusto. Mi ero smascherato, vero?

Le feci quello che speravo fosse un sorriso minaccioso. «Questo non significa che non voglia farti del male.»

Si irrigidì e fece resistenza contro i suoi legacci, ma i capezzoli si tesero sotto la maglietta. «Ci sono molte forme di tortura, piccola guerriera. Ne troverò di adatte a un esserino così bello.» Le accarezzai la guancia con il pollice, poi tolsi il ghiaccio e la lasciai. Tenni la luce accesa in salotto, andai nella mia camera da letto e, per la seconda volta stasera, mi tolsi i vestiti e mi infilai sotto le coperte.

Kira poteva sobbollire lì sulla sua sedia in una stanza illuminata per il resto della notte. Chissà che magari una piccola privazione del sonno non facesse parlare la mia piccola Valchiria. Se non avesse funzionato, avrei dovuto trovare altri modi per farla cantare.

* * *

Privazione del sonno.

Buon inizio, ma non avrebbe funzionato. Avevo imparato a controllare la mia mente anni fa. Avevo dovuto strisciare fuori dal buco in cui ero nata. Per fare qualcosa di me stessa dopo che la bratva aveva ucciso mio padre e rovinato mia sorella.

Chiusi gli occhi e mi concentrai sul respiro. Mi dissi di cadere in un sonno profondo e ristoratore. Andai più a fondo ad ogni espirazione. Mi dissi che mi sarei svegliata sentendomi riposata e rinnovata, sapendo esattamente come fuggire.

Riaprii gli occhi piano. Maykl era in piedi di fronte a me, fissandomi con un cipiglio turbato sul viso.

Non sapevo che ore fossero, ma sapevo di avere attraversato almeno un ciclo di sonno, forse due. Non era ancora mattina, nessuna luce brillava attraverso le persiane delle sue grandi finestre.

Maykl si inginocchiò davanti a me e tagliò il nastro sulle mie caviglie e poi sul petto. Chiuse la sua mano robusta intorno al mio braccio e mi trascinò in piedi.

Sussultai e inciampai mentre il sangue mi defluiva verso i

piedi. Maykl afferrò il rotolo di nastro adesivo e mi trascinò nella sua camera da letto. Lasciò la luce spenta.

«Sali sul letto.»

In qualche modo, non credevo che mi stesse ordinando di andare a letto per fare sesso. Questa sarebbe stata la conclusione logica, ma in quel momento in lui non c'era quel piglio sessuale che avevo visto prima. Come quando mi aveva sculacciata e mi aveva fatto scivolare le dita tra le gambe.

Se fosse stato interessato al sesso, non ero sicura di cosa avrei fatto.

Se combattere e mostrargli che non lo volevo o tornare al mio gioco di seduzione del nemico.

Non sapevo se avevo paura all'idea che Maykl mi imponesse il sesso o se ne fossi eccitata. Se avessi dovuto basare la mia determinazione sul nostro ultimo incontro, ne sarei stata entusiasta. Ma quello che mi aveva mostrato l'ultima volta era che gli piaceva mischiare un po' di violenza con il sesso. E se questo era il modo in cui si era comportato prima di scoprire che io ero il nemico, quanto sarebbe stato più rude? Cosa avrebbe preteso da me?

Strisciai nel letto, e lui mi fece rotolare su un fianco e mi legò le caviglie. Avvolse qualcosa di morbido e setoso – doveva essere la cravatta che aveva usato sui miei polsi la scorsa sera quando il nostro sesso era ancora giocoso – e me la legò intorno al collo.

Non era abbastanza stretto da soffocarmi, ma c'era comunque abbastanza pressione in quel punto. Poi si sdraiò dietro di me.

Tirò la cravatta intorno al collo prendendone le estremità e avvolgendole intorno al pugno. «Cerca di scappare questa volta, *Valkiriya*, e scoprirai quanto sono disposto a spezzarti il collo.» Sollevai gli angoli delle labbra mentre mi rendevo conto di quello che era appena successo.

Oh, Maykl. Quante minacce vuote. Sorrisi a me stessa nell'oscurità.

Non era nemmeno disposto a lasciarmi dormire su una sedia tutta la notte. Questo tizio poteva sembrare un mostro – ed ero sicura che lo fosse sotto molti aspetti – ma era un babbeo quando si trattava di donne. O quando si trattava di me.

Annullai quel pensiero non appena si alzò.

Certo, non c'era niente di speciale in me.

Questi uomini della bratva amavano trattare le donne come oggetti. Come giocattoli o ninnoli. Questo era ciò che Anya era stata per Aleksei, l'uomo con cui era venuta a Chicago. Anche lui era morto ora. Era morto in una sparatoria con il resto della sua cellula. Cosa fosse successo ad Anya e Mika dopo, non lo sapevo.

Per tutti gli anni dopo che la bratva aveva richiesto che fosse lei a pagare il debito di nostro padre, Anya si era venduta a loro. Era andata alla ricerca dell'uomo che avrebbe pagato di più. Chi avrebbe sostenuto lei e Mika? Qualcuno a cui non importava della sua tossicodipendenza. Che non aveva bisogno che lei fosse nient'altro che disponibile.

Gli uomini della bratva non erano autorizzati a sposarsi. Faceva parte del codice. Ecco perché il sesso era sempre transazionale con loro.

Cercai di rotolare un po' in avanti per alleviare il dolore alle spalle dovuto al fatto di avere le mani legate dietro alla schiena da così tanto tempo, ma tirai il legaccio intorno al collo. Mi spinsi all'indietro per riuscire, il mio culo colpì i lombi di Maykl. Il suo cazzo si sollevò tra le mie gambe.

Oh, cavolo.

Ora avevo meno paura, però. Ero piuttosto sicura che quell'uomo potesse essere manipolato o manovrato o in qualche modo ingannato e convinto a lasciarmi andare considerata la sua riluttanza a farmi del male.

Misi alla prova la mia teoria. «Ti prego. Le braccia mi stanno uccidendo. Non posso stare sdraiata in questa posizione, Maykl.»

Non si mosse né parlò, ma sospettai che ci stesse pensando. «Ti prego. Solo un cambio di posizione. Legale davanti a me. O sopra la mia testa. Mi fanno male le spalle.»

«Sei una prigioniera. Devi aspettarti del dolore.» La sua voce era burbera, ma pensai che stesse cercando di convincere sé stesso.

Cercai di pensare a una buona risposta, ma non riuscii a trovarne una.

Dopo alcuni istanti di silenzio carico di tensione, Maykl grugnì e si alzò. Quando tornò, sentii la lama delle forbici prima che tagliasse il nastro. Gemetti mentre il sangue mi scorreva lungo le braccia, e aghi e spilli mi pungevano ovunque. Aprii e chiusi le dita e scossi i gomiti per accelerare il processo.

«Grazie» mormorai. «Grazie mille.» Potevo concedergli un po' di dolcezza. Era certamente la misura giusta con un uomo come lui. Mi fece rotolare dall'altra parte e mi legò non solo i polsi, ma anche le dita e i pollici, senza dubbio in modo che non potessi usarli per liberarmi. Quando finì, avvolse ancora una volta il pugno nelle estremità della cravatta e mi tirò verso di lui, in modo che la mia faccia fosse proprio di fronte alla sua.

«Fai la brava, *moya malen'kaya Valkiriya,* o ti farò soffrire.»

Bugie, sospettavo.

«Grazie» sussurrai di nuovo.

Nell'oscurità, vidi il suo broncio. Sapeva che lo stavo prendendo in giro di nuovo.

Sapevo che me lo avrebbe lasciato fare.

Era una tregua difficile, ma sicuramente avrebbe potuto essere peggio.

Molto, molto peggio.

CAPITOLO SETTE

Maykl

Mi svegliai con il sole e mi alzai per fare la doccia. Mi piaceva avere la mia piccola guerriera sistemata accanto a me molto più di quanto mi piacesse saperla in salotto dove non potevo vederla. Dove ero preoccupato che fosse a disagio.

Bliad.

Non sapevo come avrei fatto a estorcerle informazioni quando ero così riluttante a infliggerle anche la più piccola quantità di dolore. Feci una doccia veloce e scoprii che il mio senso di urgenza era corretto. Si era rotolata giù dal letto e si stava facendo strada strisciando sul pavimento come un verme. Considerando quanto fosse poco vestita, era uno spettacolo molto seducente. La guardai, lasciandola continuare mentre tiravo fuori i vestiti e mi vestivo. Lasciandola intrattenere con il culo nudo che ondeggiava verso il cielo come se si stesse scopando il mio pavimento.

«È carino, *malen'kaya Valkiriya.*»

Sapeva che ero nella stanza. Ero sicuro che sapesse, nel momento in cui la doccia si era chiusa, che l'avrei trovata.

Sospirò e si girò sulla schiena per guardarmi. «Devo fare pipì.»

Mi piaceva che non avesse paura di me. Che stesse facendo richieste petulanti.

Era tutto sbagliato.

Volevo assolutamente che avesse paura.

In quale altro modo avrei potuto ottenere le informazioni di cui avevo bisogno da lei? Ma mi soddisfaceva a un certo livello il fatto che non fosse traumatizzata da ciò che le avevo fatto passare. Che avesse ancora il suo indomito spirito guerriero e stesse combattendo nel modo in cui poteva.

Accennai un barlume di sorriso e inclinai la testa verso il bagno. «Allora stai andando nella direzione sbagliata.»

Tese le mani legate come se volesse che la aiutassi. Scossi la testa e incrociai le braccia al petto. «Non ancora. Mi sto godendo lo spettacolo. Esaurientemente. Ti prego, continua, piccola guerriera. È uno spettacolo incantevole.» Lei sbuffò il suo disappunto ma riuscì a rotolare indietro sulla pancia e girare di centottanta gradi per iniziare a muoversi nella mia direzione. Fanculo.

Che figa.

Non avrei mai pensato di essere il tipo di ragazzo che fantasticava di tenere prigioniera una donna. Costringendola a gattonare. A servire.

Ma tutto ciò che riguardava questo scenario mi stava eccitando. Fino a quando non notai che il tappeto le aveva bruciato gli avambracci.

Mi sporsi in avanti e la raccolsi per metterla in equilibrio sulle gambe legate, poi me la lanciai in spalla per portarla in bagno. Lasciai scivolare la mano lungo la parte posteriore della sua coscia nuda.

Odorava di biscotti di zucchero e pane caldo e debolmente di sesso.

La misi davanti al bagno e rimasi lì mentre si abbassava per sedersi sulla tazza, fissandomi con uno sguardo di sfida.

Mostrandomi che non era intimidita dalla mia manipolazione o dal mio torreggiare su di lei, osservandola mentre usava il bagno. Cercò di prendere un pezzo di carta igienica con le mani legate esagerando il movimento, poi alzò le sopracciglia verso di me in attesa.

Fui indeciso tra il dirle di asciugarsi all'aria e aiutarla. Cosa l'avrebbe sminuita di più?

Dal momento che non intendevo permetterle di vestirsi, decisi che aiutarla era l'opzione migliore. Le ispezionai i gomiti e le ginocchia. La pelle era sfregata. Probabilmente avrebbe avuto delle piccole croste, ma non c'era alcun danno reale.

Tuttavia, non mi piaceva vedere alcun tipo di segno su di lei.

Tranne quelli dovuti all'impronta della mia mano sul suo culo.

Mi piaceva. Un sacco.

La riportai sul letto e ce la lanciai sopra, mi arrampicai per tagliarle il nastro intorno ai polsi e tirarle di nuovo le braccia dietro la schiena. «Non avresti dovuto cercare di scappare, *Valkiriya*. Ora devo punirti.»

Girò la testa, cercando di guardarmi da sopra la spalla. Il suo culo nudo mi stava incitando a farle ogni tipo di cosa sporca. Mi sporsi e le morsi una natica, forte.

Ma lei non era il mio giocattolo.

Dovevo interrogarla oggi. Scoprire cosa fosse venuta a fare. Chi l'aveva mandata. Qual era il suo obiettivo nel perquisire la mia scrivania. Era legato alla morte di sua sorella? Alla ricerca di suo nipote? Credeva ancora che fosse qui?

Il mio turno iniziava a mezzogiorno, quindi avevo bisogno di avere delle risposte presto. Presi il suo delizioso corpo tra le braccia e la riportai in salotto, dove la legai alla sedia.

Ancora una volta, averla legata alla sedia in cucina mi fece piacere. Mi muoveva un sentimento di affetto verso di lei piuttosto che di rancore.

Non volevo farle del male, ma non volevo nemmeno restituirle la libertà.

Mai.

Le scompigliai i capelli setosi prima di andarmene. In cucina, strapazzai delle uova in padella e misi il pane tostato nel tostapane. Ne feci abbastanza anche per lei, anche se sapevo che la cosa più logica sarebbe stata rifiutarmi di darle da mangiare. Mangiare davanti a lei come una tortura e aspettare che diventasse affamata e disperata abbastanza da parlare.

Se non ero disposto a versare il suo sangue o a farle venire lividi sul corpo, era un modo abbastanza benevolo di comportarmi.

Tuttavia, non riuscivo a convincermi a farlo.

Stavo incasinando tutto. Alla grande.

Avevo fatto casino facendola entrare nell'edificio, e ora stavo peggiorando le cose. Ero il capo della sicurezza del Cremlino, e avevo permesso a questa donnina di approfittarsi di me per entrare nell'edificio.

E soprattutto avevo già deciso che non sarei andato da Ravil. Non potevo permettere che la torturassero. Sapevo di che tipo di cose erano capaci. Io ci ero passato. Avevo assistito a ciò che accadeva giù nel seminterrato dove il sangue poteva essere lavato via da uno scarico e i pavimenti di cemento potevano essere sbiancati.

Diedi un grande morso e masticai lentamente.

Lei mi guardò.

Girai il pezzo di pane tostato verso di lei per offrirle un

boccone. Il suo morso non fu delicato. Quasi morse tanto quanto me e masticò velocemente.

Ridacchiai. «Avevi fame.»

«Essere legati fa bruciare molte calorie.»

Sorrisi. «Abituati, *Valkiriya*. Mi piace averti legata alla mia sedia. Potrei non lasciarti mai andare.» Presi un altro boccone di pane tostato. «Perché hai frugato nella mia scrivania? Cosa speravi di trovare?»

«Stavo cercando una penna.»

Stamattina era parecchio impertinente. Cercai di pensare dal suo punto di vista. Cosa poteva pensare che avesse un portiere?

«Volevi una lista degli occupanti dell'edificio.»

Potevo dire di aver indovinato dal modo in cui vidi qualcosa serrarsi dietro i suoi occhi. Come se avesse messo uno scudo.

«Chi stai cercando? Il mio *pachan?*»

Mi venne in mente che non avevo ancora frugato nella sua valigia.

Le diedi un altro boccone di pane tostato, poi aprii la sua valigia sul tavolino del salotto e presi ogni oggetto. Non c'era niente. Abbigliamento. Alcuni cosmetici. Cercai nella fodera della valigia un compartimento nascosto.

Niente.

Presi la sua borsa e frugai di nuovo. Questa volta, notai che la fodera era strappata dalla maniglia. No, non strappata. Era stata tagliata con criterio. Passai la mano lungo la borsa, tastando per capire cosa potesse esserci sotto la fodera e toccai una specie di involucro. Tirai fuori la fodera dalla borsa e sfilai l'oggetto. Era un tesserino.

«Sei della polizia russa.»

Sollevò il mento, con un grugno ostinato.

Considerai le implicazioni. Non poteva essere qui per affari ufficiali. La bratva controllava la polizia di Mosca.

Inoltre, se fosse stata qui in veste ufficiale, non sarebbe venuta da sola. Avrebbe avuto un partner. Ma spiegava perché sembrasse addestrata a combattere. Era un complicato mix di trasparenza e intrighi, vulnerabilità e spigolosità. Stava nascondendo qualcosa, e tutte le nostre vite avrebbero potuto dipendere da questo. Dal fatto che io lo scoprissi.

Lessi di nuovo il suo nome. *Koslova.*

Mi gelai. No. Koslova era un nome comune.

Era una coincidenza.

Mi si seccò la bocca. Presi il telefono e mandai un messaggio a Dima. Viveva a poche ore di distanza nella piccola città dove la sua ragazza, Natasha, stava studiando per diventare naturopata. Avrebbe potuto farmi questo favore senza avvisare Ravil.

Ho bisogno di un favore, scrissi. *Potresti mandarmi qualsiasi informazione che riesci a trovare su Kira Koslova? È della polizia russa, di Mosca.* Gli inoltrai il suo passaporto. *In particolare, vorrei sapere i nomi dei suoi genitori e in quale divisione di* politsiya *lavora.*

Dima rispose immediatamente. *Dammi qualche ora.*

Grazie. Inoltre, potremmo tenere la cosa per noi due per ora?

Rispose con un emoji con il pollice in su.

Tornai al suo fianco, con la mente che vagava. Le offrii un altro boccone di pane tostato mentre la studiavo. «Sei qui per vendetta.»

Colsi la sorpresa nella sua espressione prima che lei riuscisse a nasconderla e seppi di aver indovinato correttamente.

Bliad.

Poteva essere imparentata con l'uomo che avevo ucciso tanti anni fa? L'omicidio richiesto per ammettermi come membro a pieno titolo della bratva? Sapeva che ero stato io a premere il grilletto? Era venuta per uccidermi?

Il pensiero mi fece trasalire.

Avevo vissuto con il peso di quell'omicidio per più di metà della mia vita. Per qualche ragione, mi perseguitava molto più dell'aver ucciso mio padre.

Mi strofinai una mano sul viso per cancellare le immagini che mi vennero in mente. I suoi occhi supplichevoli. La puzza della paura.

Diedi il resto del toast a Kira: avevo improvvisamente perso l'appetito.

Avrei dovuto lasciarla andare. Se bramava vendetta, ero disposto a darle una possibilità. Ma no. Mi avrebbe ucciso nel sonno la prima notte. A meno che non fosse sicura che ero stato io. No... O non sapeva chi lo aveva ucciso, o era venuta davvero per il nipote, o voleva solo vendicare la sorella. O forse c'era qualche altra ragione. O ancora, era per tutti quei motivi.

Avevo bisogno di scoprirlo.

Dovevo fare il mio lavoro di guardiano e proteggere la mia cellula.

CAPITOLO OTTO

La luce filtrò attraverso le persiane. Maykl si avvicinò e le aprì, rivelando una vista mozzafiato sul lago Michigan. Era più grande di quanto immaginassi, si estendeva a perdita d'occhio, come un oceano. L'acqua era grigio-blu e si abbinava al cielo invernale.

Aveva un'intera parete di finestre. Mentre camminava per tutta la lunghezza e apriva ciascuna delle persiane, era come se stesse cambiando le immagini distorte nella mia mente. Quello che mi aspettavo di trovare alla bratva di Chicago rispetto a ciò che avevo effettivamente trovato.

A Mosca, la bratva viveva insieme, come qui. Ma avevano una postazione più clandestina. Un vecchio ospedale di mattoni prebellico che era stato convertito per ospitarli. Dovevano avere soldi, ma non era lussuoso, come questo edificio. Non era appariscente.

Ricordavo di esserci andata a cercare Anya una volta, e aveva più un'atmosfera da casa del crack che da residenza. Non era disgustoso come il posto in cui Anya viveva qui, ma clandestino. C'erano persone a caso che bevevano e facevano uso di droghe. Ballavano. Facevano sesso. Tutti erano pesantemente armati e minacciosi.

C'era un aspetto decisamente pericoloso in quello scenario.

Rappresentava il cuore squallido di Mosca. Un luogo dove le ragazze adolescenti venivano portate a saldare i debiti del padre.

Questo posto – almeno l'appartamento di Maykl – sembrava una normale residenza. Se normale significava lussuosa con una vista impagabile. La lobby anteriore sembrava la hall di un qualsiasi grattacielo di lusso, ad eccezione del portiere pesantemente armato e tatuato.

Non mi facevo ingannare dalle apparenze, sapevo che erano criminali. Forse molto più pericolosi della cellula di Mosca. Sicuramente meglio finanziati e organizzati. Ma la bellezza rendeva più difficile giudicare. Così come la gentilezza di Maykl. La sua sensualità.

Era quasi più difficile non vuotare il sacco di quanto non lo sarebbe stato se mi avesse picchiata e mi avesse strappato le unghie.

Sapevo che si trattava di una tecnica diversa usata con i prigionieri. Consisteva nel legarli ai loro rapitori. Guadagnare in qualche modo la loro fedeltà e fiducia.

Dovevo stare attenta.

Tutto era più confuso e caotico per me perché eravamo intimi. Perché mi aveva aiutato con i preparativi per il funerale di Anya.

Il modo in cui mi aveva scompigliato i capelli dopo avermi assicurata alla sedia aveva fatto cose strane alla mia mente. Mi aveva fatto quasi *desiderare* la sua attenzione. La sua approvazione.

Mi ignorò per un po', lavò i piatti della colazione, pulì. Quando tornò, mi portò un bicchiere d'acqua alle labbra e me lo lasciò bere. Mandai giù diversi sorsi.

Volevo interrogare io *lui* ora. Scoprire cosa succedeva nell'edificio. Se fossi stata intelligente, avrei impiegato più tempo per coltivare qualcosa con lui. Conquistare la sua fiducia. Ma non avevo il tempo o i soldi per giocare una lunga partita qui. Ed ero accecata dalla mia disperazione e dal dolore per la scomparsa di Mika.

Immaginai che la rabbia che sentivo nei miei confronti per non essere arrivata prima – nel momento in cui avevo perso i contatti con Anya – avesse reso il mio comportamento irrazionale. Maykl mi fronteggiò, appoggiandosi al bordo della sua scrivania per studiarmi. Non sembrava arrabbiato. Né sembrava eccitato, come prima. Percepivo qualcosa di più simile alla simpatia da parte sua. Mi accarezzò dolcemente la guancia con il suo grande pollice.

«Chi stai vendicando, *Valkiriya?*» chiese dolcemente. «Anya?»

La domanda mi colse alla sprovvista. Non immaginavo che avrebbe indovinato così astutamente perché ero qui. Cosa volevo. Scossi la testa. «Sto cercando Mika» affermai, perché era vero, e attenermi alla verità era la mia migliore possibilità.

«Pensi che abbia mentito? Che lo abbiamo noi?» Scosse la testa. «Non c'è nessuno con il nome Koslova qui.»

Alzai le sopracciglia.

«Pensavi che avessimo qualcosa a che fare con Anya? Con la sua morte?»

Continuai a rimanere a bocca chiusa.

«Abbiamo comprato schiave del sesso russe, sì, ma per liberarle. Alcune sono rimaste per scelta. Nessuna donna è imprigionata qui, te lo garantisco, Kira.»

Avevano comprato schiave del sesso russe. Quell'affermazione sconvolse il mio sistema nervoso. Il modo in cui lo aveva detto con tanta disinvoltura. Come se la tratta di esseri umani fosse qualcosa che vedevano ogni giorno. Ne face-

vano parte. Ma, naturalmente, aveva affermato che non era
così.

Cercai di digerire le informazioni senza mostrare alcuna
reazione. Le avevano liberate *dopo* averne approfittato?
Come si erano presi mia sorella per pagare il debito di nostro
padre?

O le avevano comprate allo scopo di liberarle?

Ci rimuginai, non sapevo a cosa credere. Il mio passato e
tutto ciò che sapevo sulla bratva a Mosca mi dicevano che
questi uomini facevano quello che volevano. Se li faceva
sentire magnanimi il fatto di liberare schiave che non avrebbero mai dovuto possedere in primo luogo, lo facevano.

Avevano alcuni codici che seguivano.

Maykl era in piedi davanti a me, le braccia robuste incro-
ciate al petto.

«Ho cento modi per farti parlare, *Valkiriya*. Credimi.»

Gli lanciai uno sguardo cupo.

«Non voglio versare il tuo sangue o rovinare il tuo bel
viso. Questo non significa che non troverò altri modi.»

Distolsi il viso, guardando volutamente verso la bella
vista. Maykl mi afferrò la mascella e girò il mio viso verso
il suo.

«Qual è il vero motivo per cui sei qui?»

Rimasi in silenzio.

Le labbra di Maykl si assottigliarono. Rilasciò la mia
mascella e si mosse dietro di me. Osservai il suo riflesso nella
finestra per vederlo recuperare la sua pistola – dal congelatore, di tutti i posti – e uscire dalla porta. Nel silenzio che
rimase dopo l'uscita, fui tanto sollevata che preoccupata.

Era andato a prendere i suoi fratelli Bratva? Qual era il
suo piano per me? Quando sarebbe tornato? In realtà, niente
di tutto ciò aveva importanza. Mi aveva lasciata sola. Ora
avevo solo bisogno di capire come liberarmi da questa sedia,
così potevo chiamare Stepanov e fuggire dall'edificio.

* * *

Maykl

Avevo lasciato che Kira bollisse nel suo brodo. Avevo bisogno di andare al piano di sotto e dare il cambio a Gleb. Inoltre, dovevo capire quale fosse il modo migliore per procedere, e più a lungo fossi rimasto, più le avrei mostrato le mie carte.

Il siero della verità. Ecco di cosa avevo bisogno. Nel 1980, il KGB aveva aperto la strada a un farmaco solubile – SP-117 – che era inodore, incolore e insapore. Faceva sì che chi lo assumeva perdesse il controllo quindici minuti dopo l'assunzione.

Maxim ne aveva alcune dosi. Era il nostro risolutore. Aveva usato la droga per finalità strategiche in passato. Il problema era che, se glielo avessi chiesto, si sarebbe domandato perché ne avevo bisogno.

Ovviamente, sarei dovuto andare da lui e da Ravil. Spiegargli tutto, compresa la mia soluzione, che era quella di usare il farmaco su Kira per scoprire esattamente per chi lavorava e cosa stava cercando. Tirai fuori il telefono dalla tasca e guardai lo schermo, muovendo il pollice senza toccarlo.

Bliad.

E se avesse lavorato per uno dei nostri nemici?

Avrebbero potuto essere alla ricerca di Sasha, la moglie di Maxim, sperando di ucciderla o catturarla per ottenere quella fortuna. L'interesse per quei pozzi aveva dato a Ravil una roccaforte all'interno del governo russo. Erano il modo in cui contrabbandava le sue merci dalla Russia all'America senza ostacoli. Quelli che controllavano il petrolio, controllavano i funzionari governativi di tutto il mondo. Ogni altro ramo della bratva era a caccia di quello che Ravil aveva ora.

Questo era parte di ciò che rendeva la nostra cellula così

potente e pericolosa. Kira avrebbe potuto certamente far parte di questo stratagemma. Mandare una bella donna russa che fingesse di aver bisogno di rifugio era un ottimo modo per far entrare qualcuno nell'edificio. Una stretta spirale di pericolo si snodò intorno al mio busto.

L'avevo fatta entrare io. Avrei potuto essere l'anello debole che avrebbe portato alla nostra distruzione. Se fosse stato vero, non sarei più riuscito a convivere con me stesso. Scorsi sullo schermo e feci il numero di Maxim.

«Maykl.»

Cazzo. Esitai.

Perché ero così dannatamente riluttante a consegnargli Kira? Cos'era questa presa che sembrava avere su di me?

«Maykl?» ripeté.

«Sì, Maxim. Ascolta...» Pensai velocemente. «Sai come posso mettere le mani su un paio di dosi di SP-117?»

Parlai in inglese perché ce lo richiedeva Ravil quando parlavamo tra di noi. Voleva che padroneggiassimo la lingua, in modo che potessimo muoverci senza problemi in questo Paese. «Perché?»

Sapevo che me lo avrebbe chiesto. Avrei dovuto preparare una storia. Invece, ringhiai: «È una questione privata.»

Silenzio.

Poi Maxim disse: «Va bene» con un tono sorpreso. «Te ne porterò giù un po'.»

Fui attraversato da una sensazione di sollievo. «Grazie.»

Mi sedetti dietro alla scrivania e tamburellai con una penna sul bancone, concentrandomi sulla telecamera che avevo impostato su Kira.

Sembrava che stesse lottando per liberarsi.

Non ci sarebbe riuscita. Avevo usato abbastanza nastro adesivo da impedire a una piccola auto di muoversi. Mi ricordai di prendere alcune fascette dal cassetto della scrivania, però. In alcuni casi avrebbero potuto essere più pratiche del nastro.

Come sotto la doccia.

Quel pensiero me lo fece venire duro. Ricordando Kira quella prima notte, che camminava nuda fuori dal mio bagno, asciugandosi i setosi capelli biondi.

Se fosse rimasta mia prigioniera a lungo, avrebbe avuto bisogno di un'altra doccia. E, naturalmente, non sarei stato in grado di fidarmi di lei lì da sola. Avrei dovuto aiutarla. Insaponare quelle belle curve morbide. Infilare le dita in tutti i suoi angoli e fessure. Assicurarmi che fosse perfettamente pulita prima di metterla di nuovo nel mio letto.

Maxim arrivò dall'ascensore, con le mani infilate casualmente nelle tasche. Camminò verso la reception e tirò fuori un piccolo blister contenente sei pillole: tre rosse, tre bianche.

«Fa effetto in quindici minuti. Sciogli quella bianca in un liquido qualsiasi, ma l'alcol è meglio se non vuoi che sappia che è successo qualcosa. La vittima penserà solo di essere intontita dal liquore.»

Annuii.

Maxim indicò le pillole rosse. «Dagliene una rossa quando hai finito, e ne uscirà senza sapere che è successo qualcosa. Non ricorderà di averti detto qualcosa. Se non ti interessa, la seconda pillola non è necessaria.»

Mi lanciò uno sguardo inquisitore.

Rimasi inespressivo e annuii. «Grazie.»

«Questione personale, eh?»

Lo guardai. Era molto più in alto rispetto a me. Il braccio destro del nostro *pachan*. Certamente avrebbe potuto costringermi a parlare. Tuttavia, rimasi risoluto. «Esatto.»

Fece spallucce. «Capisco. Bene, sono qui se hai bisogno di uno stratega.»

Inspirai. «*Da*. Grazie. Lo apprezzo.»

Maxim annuì, ancora pensieroso. Esitò un momento come se stesse per dire qualcosa di più, poi si girò e torna all'ascensore. Aspettai di sentire le porte chiudersi prima di rilassarmi di nuovo sulla sedia e aprire il palmo della mano per esaminare le pillole. Non dirglielo era stata la soluzione giusta.

Avevo lasciato io entrare Kira, stava a me scoprire cosa stesse combinando. Se avessi scoperto qualcosa, allora avrei informato i miei fratelli della bratva. Sapevo già che quella decisione probabilmente mi si sarebbe ritorta contro, ma odiavo l'alternativa. Kira era un mio problema. Nessun altro avrebbe dovuto toccarla se avessi potuto ottenere qualcosa.

* * *

Kira

Non ero riuscita ad allentare il nastro adesivo con nessuna torsione e rotazione delle mani. Né ero riuscita a staccare le caviglie dalle gambe della sedia. L'opzione migliore avrebbe potuto essere quella di provare a rompere la sedia.

Mi buttai di lato, incoraggiando la sedia a ribaltarsi su due gambe. Tornò di nuovo al suo posto. Ci provai ancora e ancora. A volte, riuscii solo a far scorrere la sedia invece che impuntarla.

Alla fine, però, riuscii a farla inclinare abbastanza da farla cadere. Quello che non avevo considerato era che il mio peso l'avrebbe fatta ricadere all'indietro.

La mia testa colpì qualcosa di duro prima ancora di toccare terra, e tutto divenne nero. Aprii le palpebre.

Gospodi, era troppo luminoso. La testa mi pulsava per il dolore. Emisi un lamento. «Non è stato saggio, piccola guerriera. A cosa stavi pensando?»

Solo allora mi resi conto che Maykl era lì con me,

muovendosi rapidamente per liberarmi. Le mie braccia scoppiarono in un'esplosione di dolore mentre venivano liberate dalla posizione dietro la schiena. Maykl mi tenne il viso e lo girò, esaminandomi con le sopracciglia abbassate.

«Guardami, Kira» mormorò in russo.

Incontrai il suo sguardo. Studiò i miei occhi, senza dubbio alla ricerca di pupille di dimensioni diverse. Segni di una commozione cerebrale.

Avevo preso un colpo piuttosto forte alla testa. Dovevo essere stata senza conoscenza per più di qualche secondo se aveva avuto il tempo di venire qui, anche se sembrava leggermente senza fiato come se avesse corso su per le scale piuttosto che aspettare l'ascensore.

Gemetti. «Davvero poco saggio. Hai battuto la testa sulla scrivania e poi di nuovo sul pavimento.»

Rendendomi conto di avere le mani libere e che lui era concentrato sulle mie ferite, portai le dita lungo la cintura dei suoi jeans, alla ricerca della pistola. Non c'era.

Mi afferrò il polso, si portò la mia mano alla bocca e morse la parte carnosa del mio pollice.

La figa si strinse e si contrasse, più per la sorpresa che per il dolore, anche se mi aveva fatto male.

Che tipo di uomo mordeva la sua prigioniera come punizione?

Lo stesso tipo che la sculacciava invece di tagliarle i pollici, supponevo.

Cercai di ignorare le vibrazioni che quest'uomo accendeva in me. Non avevo bisogno di essere distratta dall'attrazione fisica tra di noi. Mi trattò con modi gentili mentre mi liberava le caviglie e mi sollevava dalla sedia.

Il mio cervello mi diceva di combattere, che era il mio momento: avevo le mani e le gambe e libere. Avrei dovuto fare più danni che potevo e tirarmi fuori di qui.

Ma, per qualche ragione, esitai. Forse era per il fatto che

le mie braccia erano ancora in fiamme, e sentivo ancora spilli e aghi. O perché non avevo ancora trovato quello per cui ero venuta.

Non poteva essere dovuto al fatto che quest'uomo mi stava influenzando. Che mi piaceva il modo in cui stava passando le mani sul mio corpo, controllando le altre ferite con un sussulto di preoccupazione. Che non volevo fargli del male perché lui non aveva fatto del male a me.

Ed era anche vero che considerando le nostre differenze di dimensioni e di peso, avrei dovuto mirare a ferirlo gravemente se avessi voluto scappare. Era una bestia d'uomo ed era fatto di muscoli solidi. Abbatterlo avrebbe dovuto comportare un grave trauma alla testa o una forza mortale. Anche se fossi riuscita a prendergli la pistola, sospettavo che avrebbe potuto disarmarmi.

Non avevo mai sparato a un uomo. Ero addestrata, sì, e avevo già usato un'arma, ma non ero mai stata io a premere il grilletto.

«Devo andare in bagno» annunciai.

«Vai.» Agitò la testa verso la camera da letto.

Fui sorpresa che fosse disposto a lasciarmi andare da sola. Sarei stata stupida a non usare il tempo a mio vantaggio. Mi mossi sulle gambe traballanti, la testa palpitava dove avevo sbattuto. Usai il bagno e mi lavai, poi scandagliai la stanza alla ricerca di armi.

Scelsi quella più semplice: il coperchio del serbatoio del water. Era pesante e in ceramica. Se lo avessi usato per fracassare la testa di Maykl, mi avrebbe dato la possibilità di scappare.

Ma era troppo tardi. La porta del bagno si aprì.

Tirai indietro il copri-water per colpirlo, ma lui me lo tolse dalle mani prima che riuscissi a farlo.

Era veloce per essere un uomo così grande.

Mi fece girare, assicurandomi in una morsa contro il suo

corpo. «Stai ancora combattendo, piccola guerriera?» La sua voce suonò come fusa nel mio orecchio. Un rombo ricco e divertito, come se trovasse adorabile che io volessi combatterlo. Che stessi cercando di liberarmi. «Ti stai guadagnando una punizione infernale.»

Mi fece contrarre e stringere la pelle tra le gambe. Mi svolazzò la pancia. Dovevo affrontare il fatto che la mia esitazione – la mia riluttanza a combattere per scappare – mi era costata i pochi preziosi secondi che mi erano mancati per sferrare il mio attacco. Potevo provare sentimenti contrastanti per Maykl come lui li provava per me.

Mi morse l'orecchio, abbastanza forte da farmi contorcere. Il calore mi inondò le parti basse. I capezzoli si indurirono contro la sua maglietta sottile. Allontanò l'avambraccio dalla mia trachea e permise alla sua mano di posarsi sul mio seno, stringendolo rudemente.

Un altro morso alla spalla.

A questo ragazzo piaceva usare i denti.

Non avrei dovuto trovarlo sexy.

Non era affatto sexy.

Era...

Dannazione. Ok, era sexy.

Non avrei mai pensato che una cosa del genere mi avrebbe eccitata, ma era così. Tenne un braccio stretto intorno alla mia vita, ma usò l'altra mano per sfilarmi la maglietta.

«Hai perso i tuoi privilegi riguardo l'abbigliamento» ringhiò.

Il cuore mi batteva contro il petto. Per qualche ragione, non riuscii a trovare una risposta. Senza parole. Nessuna lotta. Il mio cervello si era bloccato completamente.

«Avrò freddo» mi lamentai.

Fu un'argomentazione debole a fronte del suo imperativo.

«Alzerò il riscaldamento.»

Mi piegò le mani dietro il collo, il che ebbe l'effetto di sollevare e separarmi il seno. «Io... tu...»

Seriamente, perché non riuscivo a pensare a nulla da dire? Di solito non mi trasformavo in un cervo davanti ai fari. Maykl mi fece girare lentamente per affrontarlo. Il suo sguardo era cupo, le palpebre a mezz'asta mentre studiava la mia figura nuda.

«Sto pensando a molte cose terribili da farti.»

La minaccia bassa e crescente fece sembrare che stesse pianificando più il piacere che il dolore.

Piacere per sé stesso, forse.

L'eccitazione mi inzuppò il sesso, come se mi stessi preparando a quel tipo di aggressione. Mi girò verso la porta e mi accompagnò fuori.

«Sdraiati a faccia in giù sul letto.» Mi liberò.

Andai verso la porta. Ero completamente nuda e senza alcuna arma, ma se pensava che sarei andata a mettermi in posizione per la sua punizione, era un pazzo.

Feci tre passi prima che mi prendesse per la gola. Mi sollevò, tagliandomi il respiro.

«Uno schiocco di questo collo delicato metterebbe fine alla tua vita» mi avvertì.

Sapevo che era un bluff perché mi rimise in piedi liberandomi il respiro prima ancora che vedessi le stelle.

«Stai mettendo alla prova la mia pazienza, *Valkiriya*.»

In una serie di rapidi movimenti, mi bloccò le mani dietro la schiena – posizione che mi fece bruciare le braccia dal dolore – e mi bloccò i polsi con una fascetta di plastica.

«Mi piace lottare con te, ma desidero un po' più di cooperazione.»

«Non sempre otteniamo ciò che desideriamo, non è vero?» Lo derisi.

«Ah, ma questa volta, penso che lo farò.»

Valutai quelle parole mentre mi spingeva di nuovo alla sedia. «No.» Il pensiero di tornare in quella particolare prigione mi fece esitare, ma lui mi spinse indietro e mi legò le cosce al sedile. «Vedi? Potresti startene sdraiata su un letto morbido in questo momento. Invece, hai scelto di rendere le cose difficili.»

Strinsi i denti e guardai, ma lui scomparve dalla mia vista. Lo sentii armeggiare in cucina e quando tornò, mi portò altro ghiaccio per la testa e un bicchiere d'acqua che mi premette sulle labbra. Bevvi con avidità, assetata per il fatto di non aver bevuto nulla per tutta la mattina.

Maykl si alzò e tenne il ghiaccio sul nuovo livido che avevo sulla testa. Non tentò di fare conversazione. Non sembrava arrabbiato o affamato di vendetta. Semplicemente vigile. Fu solo quando iniziai ad abbassare le palpebre e fui pervasa da un profondo rilassamento che mi resi conto di essere stata drogata.

CAPITOLO NOVE

Maykl

La mia piccola guerriera combatteva in ogni momento. L'avevo vista buttarsi giù ribaltando la sedia e mi ero quasi rotto una gamba correndo su per i gradini per raggiungerla. Grazie a Dio, non sembrava ferita troppo gravemente.

Avrei dovuto pensare a qualche altra soluzione per tenerla prigioniera. Qualcosa di relativamente comodo ma sicuro. Il fatto che ora fosse nuda però, stava provocando reazioni assurde al mio cervello.

L'avevo liberata dalla sedia. Avrei dovuto procurarmi un nuovo rotolo di nastro adesivo se avessi deciso di continuare così molto a lungo. Me la buttai in spalla per portare la mia *Valchiria* in camera e metterla sul letto. Era sveglia ma chiaramente drogata. Il suo corpo era molle, lo sguardo sfocato e vitreo.

«Cosa mi hai dato?» borbottò.

«Siero della verità.»

Le liberai i polsi e la sistemai in una posizione comoda su un fianco. Avevo dimenticato di alzare il riscaldamento, quindi tirai le coperte e poi mi sedetti accanto a lei, spostandole i capelli setosi dal viso.

«Come ti chiami?»

«Lo sai già» mormorò. «Sono Kira Koslova.»

«Chi ti ha mandato, Kira? *La politsiya?*»

Sollevò le sopracciglia. «Mi sono mandata da sola» borbottò.

«Perché?»

Sembrava che stesse cercando di combattere l'effetto della droga. Roteò la testa da una parte e dall'altra. Le accarezzai la guancia.

«Shh. Rilassati. La verità ci renderà tutti liberi, Kira Koslova. Perché sei qui?»

«Per trovare mio nipote.»

«Cosa cercavi alla scrivania?»

«Informazioni.»

«Perché non le hai chieste?»

«Io... non... mi fido della bratva.»

Come sospettavo. «Cosa sai della bratva?»

Scosse la testa. «Odio...la bratva.»

«A causa di Anya?»

«Sì. E la bratva ha anche ucciso mio padre.»

Trattenni a malapena il gemito pronto a uscirmi dalle labbra. Quella rivelazione mi addolorò fisicamente. In tutti questi anni ero stato ossessionato dalle mie azioni. Dal fatto che avevo giustiziato un uomo senza sapere nulla di lui. Che aveva due figlie.

Avevo tredici anni e mi avevano detto di sparare. Avevo fatto come mi era stato detto. Non era una scusa. Non c'era perdono. Ravil aveva detto che portavamo i tatuaggi sulla pelle come promemoria del nostro peccato. Che non eravamo puliti. Eravamo segnati dalla violenza, dal sangue e dalla morte che era stata compiuta in nome della bratva.

Non sembrava apprezzare i segni sulla sua pelle come la

maggior parte dei leader della bratva. Era più simile a un peso che ci era richiesto di portare. Avevo apprezzato il suo punto di vista perché uccidere non era mai stato facile per me.

Non dormivo una notte senza essere ossessionato dai volti degli uomini che avevo finito. In particolare il primo, Grigor Koslov. In qualche modo, però, riuscii a non mostrare nulla a Kira. «Chi ha ucciso tuo padre?» chiesi.

Non mi aveva accusato dell'esecuzione. Ma era venuta qui a cercarmi?

«Te l'ho detto: la bratva. Doveva loro dei soldi. Per prima cosa, hanno preso mia sorella. L'hanno fatta lavorare per ripagare il debito e l'hanno messa incinta di Mika. Poi lui li ha fatti arrabbiare di nuovo. Non so come. Tutto quello che so è che dei nostri due genitori, era lui che si preoccupava per noi, e la bratva lo ha preso.»

Riuscii a mantenere il respiro fermo e regolare, anche se dentro di me un vento irrequieto si era trasformato in frenesia.

Avevo ucciso il padre di questa bella donna. L'avevo lasciata orfana. Con una sorella messa incinta da uomini della mia cellula.

Non ricordavo sua sorella, doveva essere successo prima della mia iniziazione. Naturalmente, suo padre aveva offerto il corpo di Anya come pagamento. Aveva offerto anche quello di Kira. Quindi, immaginavo di sentirmi contento che la bratva non avesse accettato la sua offerta, considerando questa cosa.

Mi sarebbe dispiaciuto sapere che Kira aveva sofferto allo stesso modo di sua sorella. Tuttavia, aveva perso un genitore per mano mia.

«Mi dispiace.»

«Mia sorella non si è mai ripresa. È diventata una tossico-dipendente. L'ho aiutata a crescere mio nipote, ma lei lo ha portato con sé quando si è trasferita in America con il suo fidanzato della bratva.»

«Chi era il suo ragazzo?»

«Aleksei.»

«Non c'è nessun Aleksei qui. Hai scelto la cellula sbagliata – te l'ho già detto. Non mi hai creduto?»

«È morto. E ora, anche Anya.» Kira si mise una mano sugli occhi e le labbra le tremarono. «È colpa mia. Sarei dovuta venire a cercarla prima.»

Il petto mi fece male per il suo dolore. Avrei voluto alleviarlo. Cercare questo ragazzo per lei. Aggiustarle il cuore.

«Kira.» Le sollevai la mano dagli occhi. «Non è qui. Non stavo mentendo.»

Scosse la testa. «Non mi fido della bratva.» Quella spirale di dolore nel mio intestino si strinse sempre di più. Aveva ragione a non fidarsi di me. Ero l'uomo che aveva ucciso suo padre. I suoi occhi azzurri si riempirono di lacrime.

«L'ho perso» si lamentò.

Asciugai una delle lacrime che le scendeva lungo la tempia. «Forse possiamo trovarlo. Ti aiuterò, *Valkiriya*.»

«Perché sei così gentile con me?»

Ignorai la sua domanda. «Cosa stavi facendo frugando nella mia scrivania?»

«Ero alla ricerca di informazioni, dell'elenco di chi vive qui. Una pianta dell'edificio.»

«Perché?»

Chiuse gli occhi, poi li aprì.

«Ero addolorata quando sono venuta. Arrivavo direttamente dall'obitorio dopo una visita alla casa del crack dove viveva mia sorella. Mi avevano detto che non c'era nessun ragazzo con lei e che era stato così per diversi anni. Così, sono venuta nella speranza e con il terrore che Mika si fosse affiliato alla bratva per sopravvivere. L'agente di polizia mi ha detto che voi accoglievate i russi.»

Ah. Quindi, questo era ciò che intendeva quando aveva detto che le era stato detto che l'avremmo aiutata. I pezzi si stavano mettendo insieme.

«Con chi stai lavorando?»

Scosse la testa, premendo le labbra. Un gemito morbido le scappò.

«Chi, Kira?»

«Il...» Sembrava che stesse combattendo con il farmaco.

«L'FBI.»

Mi bloccai. Cazzo.

«Cosa vogliono?»

«Volevano che piantassi delle cimici e...»

Ancora una volta, sembrava che stesse cercando di impedirsi di parlare.

«E cosa, Kira?»

«Ho inviato il codice della porta d'ingresso.»

«Cos'altro?»

«Foto della hall e della tromba delle scale. Anche del sistema di areazione.»

«Dove hai piazzato le cimici?»

«Sia negli ascensori che nello studio di ceramica. Sotto la scrivania. Avrei dovuto metterne una nell'ufficio del tuo *pachan.*»

Mi strofinai una mano sul viso. Grazie al cielo Ravil non aveva avuto il tempo di vederla il giorno prima, cazzo. Avrei dovuto dirglielo, però. E presto.

«Chi è il tuo contatto con l'FBI?»

Scosse la testa. «Il contatto ce l'ha il mio capo. Ha detto che se li avessi aiutati a entrare al Cremlino, mi avrebbero aiutato a trovare Mika.»

«Il nome del tuo capo?»

«Stepanov. Anton Stepanov.»

«Il nome del suo contatto dell'FBI?»

Scosse di nuovo la testa. «Non lo so. Stepanov non me lo ha detto.»

Sentii bussare alla porta.

Bliad.

Lanciai una coperta sulla figura nuda di Kira, sostituii rapidamente le fascette sui polsi e sulle caviglie e andai ad aprire.

Come se le cose non fossero già abbastanza messe male con Kira che intercettava l'edificio e lavorava con l'FBI, quando aprii la porta, mi trovai davanti il mio *pachan*.

Il che significava che ero fottuto, e lo era anche Kira.

CAPITOLO DIECI

Maykl

Ravil aveva un modo ingannevole di apparire rilassato. Informale. Come se non potesse ordinare il tuo omicidio con un solo gesto del dito. Ora, aveva le mani infilate nelle tasche dei pantaloni firmati, la camicia aveva il colletto aperto. Dietro di lui c'erano Maxim e Nikolai. Cercai di apparire altrettanto disinvolto.

«Cosa posso fare per te, *pachan?*»

Ravil chiuse gli occhi una volta. Due volte. Il silenzio fu straziante. Poi disse: «Puoi dirmi cosa sta succedendo con la donna nel tuo appartamento.»

Cercai di deglutire e fallii. Non c'era niente che potessi fare. Non potevo in nessun modo tenergli nascosto nulla di tutto questo. Kira stava collaborando con l'FBI. Il mio capo avrebbe potuto ucciderla. Il suo destino era appena scivolato via dalle mie mani.

Scelsi di essere breve e diretto. «Le ho permesso di entrare nell'edificio la scorsa sera. È venuta a Chicago per reclamare il corpo della sorella morta e trovare suo nipote. Questo è vero. Ma quello che non sapevo fino a poco fa è che lei collabora con l'FBI in cambio di informazioni su suo nipote.»

Ravil inclinò la testa per guardare dietro a me. «Dov'è adesso?»

«Legata con le fascette al mio letto.»

Le sopracciglia di Nikolai tremarono leggermente. Le labbra di Maxim si contrassero. Ma Ravil non era affatto divertito.

«Quando mi avresti parlato di questa situazione?»

Il calore mi fece sentire punture di spine sulla nuca. Nella bratva, tradire un fratello era motivo di morte. Nella mia esperienza, questa regola poteva essere invocata per la minima trasgressione. Molte cose potevano ed erano state interpretate come tradimenti. Certamente, il mio permettere a Kira di infiltrarsi e intercettare il nostro edificio avrebbe potuto essere visto come qualcosa di più di un fallimento nel fare il mio dovere. Avrebbe potuto essere visto come un tradimento dei miei fratelli.

Bloccai il petto come un soldato nell'esercito piuttosto che come il membro di un'organizzazione criminale. «Immediatamente. L'ho interrogata questo pomeriggio.»

Ravil alzò le sopracciglia come se non mi credesse. Assorbii lo sguardo senza battere ciglio. Dimostrandogli che ero ancora leale, nonostante avessi fatto una cazzata.

«È legata? Puoi lasciarla sola?»

Annuii.

«Vieni nel mio ufficio.»

«Prendi il suo telefono o qualsiasi dispositivo elettronico abbia portato con sé» disse Nikolai.

Mi aspettarono mentre prendevo la sua borsa e il suo telefono.

In ascensore, mi portai le dita alle labbra, cercando la cimice. La trovai dietro il corrimano. Una lucetta verde indicava che era accesa.

La consegnai a Nikolai, che la ispezionò, poi la spense.

Maxim frugò nella sua borsa. Nikolai prese il telefono e scoprì una manciata di altre cimici nella fessura della sua custodia. Ero stato un idiota a non trovarle.

Bliad. Questo significava che l'FBI aveva sentito l'intera conversazione che avevo appena avuto con Kira? Ma no, le microspie nel telefono non erano illuminate dalla stessa luce verde. Non erano state accese.

Maxim ispezionò il distintivo della *politsiya* di Kira e il suo passaporto. «Hai usato il siero della verità su di lei?» mi chiese.

Annuii. «Non riuscivo a torturarla. È...» Che cosa? Bella in modo straziante? Una che mi aveva in pugno?

«Un problema marginale» finii balbettando.

Nikolai alzò gli occhi al cielo. «Vuoi dire che te la sei scopata, e ora puoi smettere di pensare con il cazzo.»

Mi irrigidii, ma Nikolai era il mio superiore. Non potevo mandarlo a fanculo, per quanto volessi.

«L'hai fatto?» Chiese Ravil in quel suo modo mite.

Strinsi i denti e annuii.

Quando arrivammo all'ultimo piano, Ravil indicò la cimice nella mano di Nikolai. «Riaccendila e lasciala in corridoio. Se ancora non sanno che le abbiamo trovate, vorrei continuare così.»

Nikolai lo fece, posizionandola sopra alla porta dell'attico. Dentro, sentii la voce di Sasha da una camera da letto, come se stesse parlando al telefono. La tata giocava con Benjamin sul tappeto. Seguimmo tutti Ravil nel suo spazioso ufficio e prendemmo delle sedie.

Nikolai aprì un laptop e il suo gemello, Dima, si unì all'incontro tramite feed video.

Ravil unì le dita. «Dimmi.»

Raccontai l'intera storia, iniziando con Kira che si era presentata dopo l'orario di chiusura e terminando con tutto ciò che avevo appena appreso dal mio interrogatorio, escluso il fatto che avevo giustiziato suo padre.

«Collega il suo telefono per caricare i contenuti» chiese Dima, e Nikolai, apparentemente per capire di cosa avesse bisogno il suo gemello, collegò il telefono e attivò una sorta di programma.

Ravil aprì il telefono e fece una chiamata.

«Alex?» Ravil aveva contattato il nostro insider dell'FBI. Un giovane che aveva sparato a Nikolai e voleva uccidere Ravil l'l'anno scorso perché credeva che lui avesse ucciso suo padre. Si era rivelato un malinteso. Ravil gli aveva risparmiato la vita e ora lui era in suo potere. «Ho una poliziotta russa qui, Kira Koslova. Dice che sta lavorando con l'FBI. Ha piantato cimici nel mio edificio.» Ravil ascoltò per un po', fissandomi tutto il tempo. Stavo sudando, ma rimasi stoico come sapevo fare sotto il suo sguardo.

Quando terminò la telefonata disse: «Non c'è alcun mandato, né c'è documentazione sul fatto che Kira sia una risorsa.»

«Potrebbe essere una risorsa non autorizzata» disse Nikolai, riferendosi alle spie che venivano tenute fuori dal sistema per vari motivi. Il rumore dei tasti di Dima arrivava dal feed video. «Tutto ciò che ha riportato Maykl può essere verificato, tranne il coinvolgimento dell'FBI. Ho trovato un'informazione molto interessante, però.»

«Che cosa?» chiese Maxim.

«Anche il suo capo è una risorsa non autorizzata.»

«Dell'FBI?»

«No. Della bratva di Mosca.»

«Ah.» Ravil si appoggiò allo schienale, rilassandosi come se questa fosse una buona notizia, piuttosto che cattiva. «Quindi, Kuznets sta venendo a cercare me ora.»

«O Sasha.» Maxim aveva uno sguardo assassino.

«Quindi cos'hanno, esattamente?» mi imbeccò Ravil.

«Il mio codice di sicurezza e quattro cimici» dissi.

«Aspetta» disse Dima. «Sto controllando i messaggi inviati. Sembra che il destinatario si trovi nella stessa geolocalizzazione.»

«Stepanov è qui a Chicago?» chiese Maxim.

«Sì» disse Dima. «Ecco i suoi messaggi.»

Lo schermo lampeggiò e si caricò con una serie di messaggi che non erano apparsi sul telefono di Kira quando lo avevo controllato. Includevano foto della hall, degli ascensori e della tromba delle scale, nonché dell'ingresso del parcheggio sotterraneo e del sistema di areazione. «Quindi. Il capo della polizia di Kira le ha detto che se avesse fatto da infiltrata qui, l'FBI l'avrebbe aiutata a trovare il nipote scomparso» disse Ravil. Mi guardò. «Non sa che il suo capo è nella rete della bratva?»

Scossi la testa. «Non credo. Odia la bratva. E ha pianto per il nipote scomparso mentre era sotto l'effetto del siero della verità. Il suo dolore sembrava reale.»

«Hai trovato qualcosa sul nipote?» chiese Nikolai al suo gemello.

«Ho un'idea sul ragazzo» disse Ravil.

«Cosa?» chiese Maxim.

«Vladimir. La sua cellula è stata spazzata via dalla famiglia criminale Tacone, ricordate?» Ravil si rivolse a Maxim. «Ha lavorato sotto Victor. Un ramo diverso della brava.»

Maxim annuì. «Ah, sì. Alla fine si è sposato all'interno della mafia italiana per uno strano giro del destino.»

«Sì. Ha rapito una loro sorella per vendetta, ma poi l'ha reclamata. La sua cellula deve essere stata quella con cui sono venuti Anya e suo figlio, e credo che abbia due bambini russi adottati. Forse questo ragazzo è uno di loro. Farò una telefonata per scoprirlo.»

Anche se non ero nella posizione di fare domande o fare richieste, dovetti chiederlo.

«E Kira?» domandai.

Ravil valutò la cosa.

«Quando è stata l'ultima chiamata dal suo cellulare?» chiese a Dima.

«Martedì pomeriggio.»

«Quindi è stato prima che tu la beccassi nella hall» disse Ravil.

«Sì.»

«Kuznets potrebbe non sapere che è stata beccata. Possiamo usarlo a nostro vantaggio.»

«Assolutamente» disse Maxim. «Possiamo attirarli e portarli sul nostro territorio.»

«Quindi, Maykl, ti occuperai di Kira. Useremo le microspie e il suo cellulare per attirarli.» Puntò la testa verso Nikolai. «Procurategli manette e catene. Non voglio che scappi.»

Nikolai si diresse verso la porta, ma io non mi alzai. «E per quanto riguarda... il dopo? Cosa succederà a Kira?»

Ravil acuì la sua voce, il primo segno evidente della sua irritazione nei miei confronti. «Mi occuperò di lei dopo.»

Cazzo.

«Sì, *pachan*.» Chinai il capo.

«E mi occuperò anche di te.»

Doppio cazzo.

Avevo sospettato di non essere fuori dai guai per non avergli detto quando le cose avevano iniziato ad andare male.

«Sì, *pachan*.» Mi alzai e mi diressi verso la porta.

«E Maykl...» mi richiamò Ravil.

«Sì, *pachan*?»

«Niente più cazzate. Niente più errori di giudizio. Lei è tua prigioniera. Se la lasci andare, se la lasci entrare in contatto con qualcuno al di fuori di questo edificio, ti taglierò le palle per assicurarti di non pensare mai più con il cazzo.»

Ero cresciuto con questo tipo di minacce e intimidazioni,

quindi non avrebbero dovuto preoccuparmi. Ma poiché il nostro leader era normalmente così mite e poiché non faceva mai minacce inutili, registrai la minaccia visceralmente.

Abbassai il capo ancora una volta. «Perdonami, *pachan*.»

Mi congedò. «Ci occuperemo delle scuse più tardi. Per ora, voglio la tua parola che puoi gestire la tua parte. O dovremmo prendere noi il controllo di quella donna?»

«*No.*» Praticamente ringhiai la parola, anche se la mia testa era già pronta e servita sul tavolo di Ravil.

Sorprendentemente, il mio *pachan* sembrò più soddisfatto che arrabbiato per il mio tono.

Si sedette. «È quello che pensavo. Ora vai a trattare con lei. Metterò delle guardie fuori dalla tua porta per sicurezza.»

Nikolai mi venne incontro nel corridoio dell'ascensore con un paio di manette e delle catene. Me le porse ma non le lasciò quando le presi.

«Ascolta, Maykl. Quando Ravil rapì Lucy e la portò qui, Maxim gli disse che c'era solo un'opzione che l'avrebbe portata a non essere una minaccia per l'organizzazione.»

Mi irrigidii, capendo che stavamo parlando della possibilità che Kira potesse morire o no. «E qual era?»

«Farla innamorare.» Rilasciò la presa sulle catene e si sfiorò la fronte. «Quindi usale saggiamente.»

Mi diede una pacca sulla spalla e se ne andò, lasciandomi in piedi nel corridoio in preda a una vampata di lussuria.

Conquistare Kira era l'unico modo per salvarle la vita.

Pronti, via.

* * *

Kira

Mi addormentai dopo che Maykl se ne era andato. Quando mi svegliai, era in piedi davanti a me, un bagliore cupo negli occhi. Le caviglie e i polsi erano stati liberati. «Cosa ne farò di te, *Valkiriya*?»

Mi ricordavo tutto. Il siero della verità. L'interrogatorio. Quello che gli avevo detto. Logicamente, sapevo che avrei dovuto avere paura. Il fatto che non ne avessi significava che la droga mi scorreva ancora nelle vene. Tenendomi impigrita e rilassata. In uno stato di apertura. Ancora suscettibile a qualsiasi domanda avrebbe potuto pormi.

«Non uccidermi» borbottai in risposta alla sua domanda, probabilmente retorica.

Abbassò le sopracciglia. Era difficile concentrarmi, ma sembrava turbato. Come se uccidermi fosse possibilità, ma che non gli piacesse.

Ciò significava che avrei potuto avere un po' di spazio di manovra se il mio cervello e il mio corpo fossero tornati in attività.

«Non dipende più da me ora, piccola guerriera. Hai coinvolto l'FBI. Hai piantato cimici nel nostro edificio e inviato loro le informazioni di cui avevano bisogno per violare l'edificio. Perché dovrebbero averne bisogno?»

«Credono che opporrete resistenza all'arresto e ci sarà una situazione di stallo.» Mi sentii piagnucolare senza nemmeno rendermi conto che lo stavo facendo. «Non voglio che tu venga ucciso, Maykl.»

La sua espressione si ammorbidì. Strisciò sul letto, chinandosi su di me. «Davvero?» Mi scostò i capelli dal viso.

«No. Saresti in prima linea. Non mi piace. Stavo cercando di proteggerti.»

Fece una smorfia. «Proteggermi.» Il suo profondo ringhio di voce mi scaldò il petto. «Come mi avresti protetto, *Valkiriya*?»

«Non lo so. Ti avrei attirato lontano dalla porta. O ti avrei avvertito. Non avevo un piano. Stavo cercando di gestire tutta questa faccenda se non lo avessi capito.»

Era strano sentire tutti i miei pensieri uscirmi dalla bocca. Non era da me condividere qualsiasi pensiero personale.

Cercai di incrociare il suo sguardo. I miei occhi sembravano ancora avere difficoltà a mettere a fuoco. «Cercheresti di proteggermi, Maykl?»

Mi fissò, c'era del conflitto che si animava dietro il suo sguardo castano.

«So di non meritarlo. Ho perso la tua fiducia. Ma c'è ancora qualcosa tra noi, non è vero?»

Gospodi. Sembravo patetica. Perché non riuscivo a svegliarmi da questo stato onirico in cui mi aveva messo il siero?

Mi afferrò la mascella, il suo sguardo si indurì. «Cosa c'è tra noi, Kira, hmm? Sesso?»

Per un attimo non riuscii a respirare. C'era un po' di emozione dietro il mio plesso solare. Qualcosa che lottava per uscire.

Mi si appannò la vista. Stavo piangendo per il suo rifiuto dopo il mio vulnerabile tentativo di trovare un terreno comune?

«Hai avuto pietà di me prima. Mi hai aiutata con i preparativi per il funerale di Anya.»

«Sì, e guarda come mi hai ripagato.» Sbattei le palpebre e le lacrime mi scesero lungo le tempie, nelle orecchie.

«Lo so. Ma andava fatto. Per trovare Mika.»

La sua espressione si indurì ulteriormente. La sua simpatia per me e la mia situazione era finita. «Mi dispiace, Maykl.»

Era vero. Sapevamo entrambi che era vero, perché ero ancora sotto l'influenza della droga che mi aveva dato. Ancora incapace di filtrare nulla o mentire.

Questo sembrò intenerirlo perché abbassò la bocca verso la mia, stringendomi ancora la mascella. Mi divorò con un bacio, la sua lingua mi sferzò tra le labbra, punendomi con la ferocia del contatto.

Ricambiai il bacio, ancora piangendo, in estasi per il contatto. Per la speranza di redenzione che mi bruciava in petto. Andammo avanti all'infinito. Un bacio accecante. Del tipo che mi faceva roteare gli occhi indietro nella testa e mi svuotava completamente la mente.

Quando si allontanò, piagnucolai per la perdita.

«Ti piace, piccola guerriera?» mormorò.

«Sì» gemetti.

«Mi piaci... tu. Io...» Cercai di filtrare le parole prima che uscissero ma fallii. «Mi sto innamorando di te, ma non voglio.»

Fece un sorrisetto. «È carino, *Valkiriya*.» Mi accarezzò il labbro inferiore con il pollice. «Sono incline a crederti.»

«Devi credermi, perché mi hai drogata» mi lamentai.

Ridacchiò cupamente.

«Non è divertente.»

Mi infilò il pollice in bocca e io lo succhiai, in qualche modo desiderosa di assaggiare di più di lui. Di compiacerlo.

«Un po' lo è.»

L'idea di mordergli il pollice mi filtrò attraverso il cervello, ma nessuna parte di me decise di agire.

«Sei carina così. Mi piace sentire i tuoi pensieri senza filtri.»

«Cosa mi succederà?» chiesi.

«Non lo so.»

Per qualche ragione, ero convinta che anche lui stesse dicendo la verità.

«Ma per ora, io sono la tua guardia carceraria. Cosa che mi piace.» Il suo sguardo divenne feroce. «Tenerti incatenata al mio letto è un grande piacere.»

Sbattei le palpebre verso di lui. «Cosa farai con me... nel

tuo letto?» Non pensavo di cercare consapevolmente di sedurlo, ma la droga mi aveva fatto perdere le inibizioni.

Il mio corpo bramava il suo tocco. Bramava soddisfazione sotto le sue mani esperte. Si mise a cavalcioni sulla mia vita.

«Cosa vuoi che faccia con te?»

Mi lamentai, suonando ferita. «Voglio che mi tocchi.»

Mi accarezzò dalla gola alla spalla, poi più in basso, cullando il seno, che strinse ruvidamente.

«Ti piace?» Tirò giù le coperte per pizzicarmi il capezzolo in un bocciolo stretto. «Come ti piace essere toccata, Kira?»

Scossi la testa. «Toccami... come vuoi tu. Nel modo in cui mi hai toccato l'ultima volta. O prima.» Ero confusa su quando fosse stata la nostra ultima volta.

Mi accarezzò lungo il fianco e si rialzò di nuovo. Abbassò la testa per succhiarmi il capezzolo teso.

«Ti piace brutale, Kira?»

«Non pensavo, ma sì. Mi è piaciuto con te. Io... avevo paura e mi piaceva allo stesso tempo.»

«A volte la paura rende le cose più piacevoli» osservò tra un colpo di lingua e l'altro.

«Questo... non ha senso.»

«No? Non pensi che la paura possa affinare i tuoi sensi? Rendere il piacere e il rilascio più potenti?»

Piegai i fianchi come se mi stesse già scopando. Avevo già bisogno di rilascio. Non mi toccò bruscamente, nonostante le mie suppliche. Invece, fece scorrere leggermente la punta delle dita sulla mia pelle, facendomi salire la pelle d'oca nella scia. Tracciò il tratto intorno al mio ombelico, fino al punto tra i miei seni.

«Chi ti fa urlare a casa?» Aveva un'aria pericolosa, come se volesse uccidere ogni uomo sul mio cammino. Quando gemetti un *nessuno* si rilassò.

«Come pensi che dovrei punirti per quello che hai fatto?

Per avere messo le cimici nell'edificio? Avere dato le nostre informazioni di sicurezza all'FBI?»

«Oh» gemetti e mi inarcai, dondolando il bacino cercando di trovare l'attrito dove ne avevo più bisogno.

«Hmm, *moya malen'kaya Valkiriya?*»

Le gambe mi ondeggiavano sotto le coperte come se stessi nuotando in un oceano di lussuria. Roteai la testa sul cuscino. «Voglio che tu mi punisca.»

Ridacchiò. «Piccola guerriera, questa è una certezza. Ho intenzione di punirti completamente. Non ho ancora deciso quanto sarà piacere e quanto dolore.»

Mi impegnai parecchio per concentrarmi sul suo volto.

«Naturalmente, c'è sempre la possibilità che non ti dia il piacere. Forse questa potrebbe essere la soluzione migliore per te. Hmm? Farti scaldare tutta ma non lasciarti mai venire? Sembra una punizione appropriata, non è vero?»

«No-oo» gemetti. Cercai di sedermi. «Non mi piace. *Non farlo.*»

Mi spinse indietro con un dito sullo sterno. «Non sei nella posizione di negoziare.»

«Maykl...»

Incontrò il mio sguardo. Strofinai le labbra. «Puoi... dovresti... Fai di me quello che vuoi. Voglio che tu faccia tutto. Tutto quello che vuoi.»

Oddio. Perché non riuscivo a tenere la bocca chiusa? Non potevo credere alle cose vergognose che mi sgorgavano dalle labbra.

Abbassò la testa e mi sfiorò l'ombelico con la lingua, trascinandola più in basso, spingendo le coperte verso il basso per rivelare le mie gambe nude. Le spalancai per lui, implorandolo. «Vuoi la mia lingua qui, piccola guerriera?»

Toccò con la punta della lingua fino all'apice delle mie labbra, muovendola un po' per scavare dentro. Solo un accenno di come mi avrebbe fatta sentire se avesse deciso di piazzarsi lì. Se avesse cercato, leccato e torturato il nocciolo palpitante che risiedeva appena sotto.

«Sì» gemetti. «Voglio che tu mi lecchi lì.» Sembravo rauca. Roteai la testa da un lato all'altro. «Oh Dio, perché sto dicendo queste cose?»

«Perché mi devi tutte le tue verità» disse Maykl. «Me le merito.»

Aveva ragione. O almeno, al momento, sentivo che aveva ragione. Che gli dovevo una completa messa a nudo della mia anima. Non c'era altro modo per ottenere il suo perdono se non quello di offrirgli tutto ciò che avevo da dare: il mio corpo. La mia vulnerabilità.

L'avevo ingannato. Lo avevo manipolato. Avevo tradito la sua gentilezza.

Ora volevo che si prendesse ciò che gli spettava. Che prendesse da me tutto ciò che desiderava.

* * *

Maykl

Il consiglio che mi aveva dato Nikolai aveva cambiato tutto. Ora, mentre facevo contorcere Kira sotto di me, sapevo cosa c'era in gioco. Sapevo che la bratva non poteva lasciarla andare. Non dopo il suo tradimento. Quindi l'unico modo per far sì che funzionasse era portarla a desiderarmi.

E questo significava che *avrei potuto riuscire a tenerla.*

Un coro di trombe mi suonò in testa a quel pensiero. La verità era che non avevo avuto così tante donne. La cellula bratva di Mosca aveva delle prostitute a disposizione. Avevo acquisito un bel po' di esperienza con loro durante l'adolescenza. Mi avevano insegnato come dare piacere a una donna. Mi ero assicurato di essere esperto in ogni varietà di posizioni, stili e fantasie sessuali.

Ma non avevo mai avuto una donna che mi appartenesse.

Naturalmente, la bratva in Russia proibiva il matrimonio o le relazioni durature. Nessuna fidanzata convivente. Solo le puttane erano la regola. Era la regola anche qui con Ravil. Almeno fino a quando aveva smesso di esserlo. Fino a quando non aveva messo incinta un avvocato e poi l'aveva reclamata contro la sua volontà.

Naturalmente, Lucy lo amava ora. E lui era cambiato drasticamente ora che era arrivato il piccolo Benjamin. La maggior parte dei leader della bratva di Chicago ora aveva mogli o fidanzate.

Ne volevo una anch'io.

Non sapevo cosa mi avesse impedito di uscire e frequentare un'americana. Forse il fatto che era troppo complicato spiegare a una donna comune chi ero e cosa facevo. Che i tatuaggi che mi segnavano la pelle rappresentavano peccati terribili. Che ero irretito in un'organizzazione che non avrei mai potuto lasciare.

L'unica via d'uscita era in una bara, si diceva. Era difficile credere che avrei potuto convincere una donna a restare.

Forse era per questo che la fantasia di tenere Kira intrappolata nel mio appartamento per sempre era così allettante. Una donna che non poteva uscire. Che non mi avrebbe lasciato. Che non aveva altra scelta che stare con un uomo senza anima.

Adoravo sentirla riversare i suoi pensieri e sentimenti, senza alcuna capacità di filtrarli. La tentazione di usare quelle pillole su di lei ancora e ancora era sempre lì. Quale uomo non voleva sapere tutto ciò che pensava la donna che desiderava? Naturalmente, sarebbe stato sbagliato approfittarne per conquistare il suo cuore.

Ma era questo che volevo davvero? Conquistare il cuore di questa donna? Una donna di cui non potevo nemmeno fidarmi?

Ma sì. Da qualche parte tra il sesso della prima notte e

trovarla a scavare nei miei cassetti al piano di sotto, mi ero confuso. Avevo perso ogni contatto con ciò che era giusto e ciò che era sbagliato. Avevo confuso il bene e il male. Forse ero stato drogato anch'io. Drogato dal profumo della sua pelle, dal tocco dei suoi capelli setosi color luna pallida. Dal suono della sua voce quando gemeva per averne di più. Volevo darle tutto.

Volevo essere il suo eroe, il suo salvatore e, sì, ancora il suo rapitore. Il suo carceriere. Volevo essere tutto per lei e che lei fosse tutto per me. Volevo trovare suo nipote e consegnarglielo. Conquistare la sua eterna gratitudine. Allo stesso tempo, volevo costringerla a fare ogni sorta di cose depravate. A essere la mia schiava. A servirmi. Ad accettare il mio dominio. A gridare il mio nome ogni volta che veniva. Questa donna mi aveva stregato. Questa guerriera mi aveva già trafitto il cuore. Ora, tutto quello che dovevo fare era assicurarmi che non se ne andasse. Non avrebbe dovuto essere troppo difficile. Io ero il guardiano, dopo tutto. Ero responsabile di chi entrava e usciva da questo edificio.

Ed era già stato deciso: Kira non se ne sarebbe andata mai.

Mi allungai e le pizzicai il capezzolo nello stesso momento in cui feci roteare la lingua intorno al clitoride. Lei si piegò, i fianchi si sollevarono dal letto, l'interno cosce rabbrividì, i piedi si agitarono.

La amavo così. Impotente. Bisognosa. Avida. Sollevai le ginocchia verso le spalle per farla rannicchiare e aprirla verso di me. Poi feci roteare la lingua intorno al suo ano.

Lei gridò. «Oh! *Gospodi!* È così sbagliato! Ma fa stare così bene. Che stai facendo? Perché lo fai? Fermati... Voglio dire, non fermarti.»

Un uomo migliore avrebbe aspettato fino a quando gli effetti del farmaco non avessero lasciato il suo sistema. Ma non ero un uomo migliore. Ero il suo rapitore. E lei la mia prigioniera. Inoltre, era mio compito farla innamorare. Il che significava che avevo bisogno di sapere tutto ciò che le piaceva e non le piaceva.

«Lo prenderai qui dietro oggi, piccola *Valchiria*.»

Il suo ano si contrasse e sollevò i fianchi dal letto. «*Niet.* No. Non... Perché?»

«È la tua punizione.»

«No, Maykl.»

«Mi hai appena detto che volevi che ti facessi quello che volevo. Non è vero?»

«Sì, ma...»

«Mi prenderai qui dietro piccola guerriera. Prenderai tutto quello che ho da darti, e poi mi pregherai di avere più.»

«Oh!»

I suoi occhi blu ghiaccio erano spalancati, ma le pupille erano dilatate, non contratte. E non dalla droga. Era eccitata.

Portai la bocca al suo nucleo, succhiando le sue labbra sottili e tracciando l'area all'interno con la lingua. La penetrai con la punta. La feci scorrere sul clitoride.

Rimasi lì fino a quando i suoi gemiti non divennero forti, e lei iniziò ad ansimare. Le sue cosce fremevano e le ginocchia premevano contro le mie spalle. Poi la rilasciai e mi tirai indietro.

«No! Aspetta...» Mi raggiunse. «Dove stai andando?»

«Vado a prendere un lubrificante. Tu te ne starai lì sdraiata molto tranquillamente e mi aspetterai. Capito?»

Annuì rapidamente. «Se ti muovi da quel letto, Kira, capirò che non sei una brava prigioniera. E se non sei una brava prigioniera, dovrò consegnarti ai miei fratelli bratva. Vuoi questo?»

SCOSSE RAPIDAMENTE LA TESTA. «*Niet.*»

«Allora non muoverti.»

«Non lo farò» promise.

In realtà non ero sicuro di quanto fosse capace di muoversi. Sapevo che la droga aveva rilassato i suoi muscoli. Ma sembrava che stesse riacquistando le forze.

Era un test. Uno rischioso, probabilmente. Ma sapevo che se avesse provato a combattermi di nuovo, potevo sopraffarla.

Mi sarebbe piaciuto costruire un po' di fiducia tra di noi. Non volevo tenerla incatenata per sempre, per quanto il pensiero mi eccitasse. Volevo che si arrendesse.

Andai in cucina. Non avevo alcun lubrificante convenzionale, ma sapevo che qualsiasi olio vegetale alimentare avrebbe funzionato. Trovai la bottiglietta di olio d'oliva che tenevo nell'armadietto e fui soddisfatto quando tornai e scoprii che Kira non si era mossa di un centimetro.

«Brava» feci le fusa mentre strisciavo su di lei sul letto. Osservò la bottiglia di olio d'oliva che avevo in mano e mi guardò in faccia. Svitai il tappo e me ne feci gocciolare un po' sulle dita, poi le strofinai sulla sua fessura. Le dita scivolarono facilmente nel suo ingresso, e lei gemette e dondolò il bacino per portarmi più in profondità. Accarezzai le sue pareti interne, cercando il suo punto g, e quando trovai il punto in cui il tessuto si irrigidiva sotto le mie dita, pompai contro di esso. Quando strofinai il pollice sul clitoride allo stesso tempo, venne, le sue pareti interne spasmarono intorno alle mie dita, il suo grido riempì la stanza.

«Brava. È così che lo prendi» la incoraggiai.

Feci scivolare le dita fuori e la feci rotolare sulla pancia. Mi permise di muoverla, cosa che fu la più grande fonte di eccitazione di tutte. La mia guerriera era diventata docile. Si era data a me. Presi un cuscino e le infilai un braccio sotto la vita per sollevarle i fianchi e infilarlo sotto. «Allarga le gambe, *Valkiriya*.»

Obbedì.

Versai una sottile linea di olio d'oliva lungo la fessura del suo culo e poi iniziai a massaggiare. Mi presi il mio tempo, accarezzandola tra le natiche, scivolando giù per strofinarle il clitoride per poi passare intorno al suo ano. Versai altro olio e le feci un massaggio al sedere, poi le sculacciai il culo, alternando destra e sinistra senza trattenermi.

Lei ansimò e gridò, ma rimase ferma, allargando ancora di più le gambe, come se la eccitasse.

«Ti piace, *Valkiriya*?» chiesi, ricordando che non poteva mentire.

«Io... Sì.» Strofinò il viso contro il cuscino che aveva abbracciato quando l'avevo fatta rotolare. «O... *piacere* non è la parola giusta. Non mi piace, ma è sexy. Ne voglio di più.»

Amavo fottutamente l'onestà da parte sua. Non sapevo quanto sarebbe durata, ma volevo strappare ogni verità possibile dalle sue belle labbra. Le diedi un'altra dozzina di schiaffi, poi le strofinai e le massaggiai ancora un po' il culo.

«Mi piace punirti» ammisi, offrendole un po' di onestà anche io. «Mi piacciono le piccole grida e i rantoli che fai. Mi piace portare le cose appena oltre la linea del troppo.»

Lei puntò il culo verso di me, e io trascinai il pollice lungo la fessura fino a quando non arrivai a premere contro l'ano.

«Come fai a sapere qual è il limite?»

«Anni di pratica. Ma con un tipo di tortura molto più sgradevole.»

Feci breccia nel suo buco posteriore con il pollice e massaggiai l'olio all'interno e intorno all'anello stretto di muscoli. Lei piagnucolò e miagolò.

Con il pollice ancora dentro, le schiaffeggiai il culo un paio di volte. Poi tolsi il pollice e mi sbottonai i jeans.

Kira mi guardò dalle spalle, bella e audace. Mi guardò mentre mi toglievo la camicia. Incarnava ancora l'energia guerriera, anche da nuda, sotto di me, in questa posizione ignominiosa.

«Mi prenderai» le dissi con fermezza, e lei non protestò. Girò semplicemente il viso verso il cuscino, appoggiandosi sugli avambracci.

Passai l'olio sul cazzo, assicurandomi che ci fosse molta lubrificazione prima di premere la cappella contro il suo ingresso posteriore.

«Spingi, Kira. Spingi per aprirti a me.»

Emise un piccolo suono adorabile mentre obbediva, e io fui dentro. Andai lentamente fino a quando la cappella non riuscì a passare, quindi premetti in profondità. Le sue spalle si piegarono e lei rimase completamente immobile. Le afferrai i capelli biondi setosi nel pugno e le tirai delicatamente indietro la testa.

«Rilassati, *Valkiriya*. Apriti per me. Respira.»

La sua schiena si ammorbidì. Mi mossi lentamente dentro e fuori di lei, dandole il tempo di allargarsi e abituarsi alla mia taglia. Lei gemette e miagolò ogni volta che mi muovevo, piagnucolando.

«Ecco.» Il piacere iniziò a sopraffarmi. Mi dimenticai di essere gentile man mano che il mio bisogno cresceva. Le pompai dentro, spostando il mio peso su una mano, continuando a tenerle i capelli nell'altra.

«Quando fai la cattiva è qui che lo prendi.»

«Sì, va bene.» sussultò il suo accordo.

Fiamme di calore mi attraversarono. Il respiro mi entrava e usciva come se avessi corso su ogni rampa di scale del Cremlino.

«Maykl? Oh... È... Ho bisogno di...»

«Di cosa hai bisogno, *moya malen'kaya Valkiriya*?»

Allungai la mano sotto di lei per toccarla tra le gambe. Sapere che era eccitata, che stava cercando la sua liberazione clitoridea, mi fece impazzire. Dovetti ricordarmi di non essere troppo brutale mentre spingevo dentro e fuori, martellandola.

«Maykl....Maykl.»

Bliad. Adoravo sentirla soffocare il mio nome con quella voce rauca e disperata. Le mie palle si strinsero, e poi eccolo. Come se un'onda di marea mi stesse spingendo in avanti, fui lanciato verso l'orgasmo. Venni dentro di lei, premendo in profondità e sferrando una serie di brevi spinte fino a quando non finii. Solo allora mi ricordai di aiutare la mia *Valchiria*.

Infilai la mano sotto i suoi fianchi e intrecciai le mie dita sulle sue, strofinandole il clitoride. Le diressi verso il basso, premendole dentro di lei per sentire il suo orgasmo, i muscoli che si stringevano e si rilasciavano.

«*Sì.*» disse lei, ma avrei potuto dirlo io.

Il miglior orgasmo della mia vita. Mi accoccolai contro di lei, baciandole la nuca e mordicchiandole l'orecchio. La sua schiena esile si ampliava ancora mentre i sospiri rallentavano. Uno strato di sudore copriva la superficie tra di noi.

Mi sfilai. «Vieni.» La presi tra le braccia. «Ora ti puliamo.»

Mi avvolse le braccia intorno al collo.

«Non posso muovermi» si lamentò.

«Ti tengo io in piedi.»

Nel bagno, la misi in piedi mentre aprivo l'acqua, poi le tenni la mano tremante mentre entrava, e io entrai dopo di lei.

Con mia sorpresa e piacere, si girò verso di me, lasciando che la prendessi tra le braccia e la tenessi stretta sotto il getto d'acqua.

Rimanemmo così per molto tempo. Fino a quando il suo battito cardiaco non rallentò, e lei fece un respiro profondo e sospirò.

Presi una saponetta e mi presi il mio tempo, sfiorandola con lunghi e lenti tratti, trasformando il lavaggio in un'esplorazione sensuale di ogni sua curva. Ogni fessura.

Anche le sue mani costeggiavano il mio corpo. Tracciavano i miei tatuaggi. Mi sfiorò con le labbra il petto peloso. Usò i denti sul mio pettorale.

«Non sono mai stata con un uomo come te» disse. Non sapevo se fosse ancora la droga a farla parlare o se quest'ultima verità fosse stata una conquista da parte mia.

Non mi interessava. «Che tipo di uomo sono?»

Usai lo shampoo per lavarle i capelli.

«Non lo so. Sei solo... diverso. Tutto quello che pensavo avrei odiato, ma ho scoperto di amare.»

Sapevo che non stava dicendo di amarmi. Sarebbe stato assurdo credere di aver già conquistato il suo cuore.

Ma l'inizio di un sentimento doveva esserci, altrimenti non l'avrebbe detto.

Era capace di amarmi, forse. Gli ingredienti per far nascere l'amore c'erano.

O forse stava solo parlando di sesso.

Il che, per ora, era sufficiente.

E fu allora che finalmente mi ricordai che c'era una cosa che avrebbe potuto mandare all'aria l'intera faccenda. Che avrebbe potuto farmi crollare tutto addosso.

Kira non sapeva cosa avevo fatto.

Non sapeva che ero l'uomo che aveva ucciso suo padre.

E quando lo avesse scoperto, il sesso non mi avrebbe salvato.

Né avrebbe salvato lei.

CAPITOLO UNDICI

KIRA

Non sapevo cosa c'era di sbagliato in me.

Dovevano essere ancora gli effetti del farmaco nel mio sistema. Avrei dovuto essere impegnata in un combattimento corpo a corpo con Maykl in questo momento. A lottare per la mia vita. A cercare di fuggire da questa prigione.

Invece, ero seduta di fronte a Maykl al piccolo tavolo da cucina che si trovava davanti alla finestra panoramica. I miei muscoli erano ancora molli. Il mio corpo era sazio. Presto, anche il mio stomaco lo sarebbe stato.

«Salmone arrosto con cavolfiore caramellato e broccoletti o costine brasate con rucola appassita?» Maykl si fermò dall'impiattare la cena gourmet togliendola dai contenitori da asporto per guardarmi. «O un po' di entrambi?»

«Salmone, per favore» dissi.

Sembrava più un appuntamento che una prigionia, nonostante il fatto che io me ne stessi seduta qui, nuda con le manette ai polsi. E supponevo che questa fosse la ragione principale per cui non stavo combattendo.

Una parte di me non voleva scappare.

Non importava quanto il mio cervello continuasse a

cercare di convincermi che ero una donna morta, che c'era la possibilità che non avrei mai più visto nulla oltre i confini di questo appartamento.

Volevo stare con Maykl. Per approfondire questa relazione pericolosa e non convenzionale che avevamo. Non sembrava uno psicopatico o un assassino, anche se i tatuaggi dimostravano il contrario. Morale della favola? Mi vedeva per quello che ero.

Lo sapevo per certo perché gli avevo detto tutto quando avevo assunto la droga che mi aveva dato. Aveva metabolizzato tutto e mi aveva dato comunque due orgasmi. Poi mi aveva portata nella doccia e mi aveva lavata con così tanta cura che mi aveva fatto venire voglia di piangere.

Imbarazzante, avevo pianto. E poi gli avevo detto perché avevo pianto. Avevo confessato che nessuno si era mai preso cura di me. Che dopo che mio padre era stato ucciso, mia madre era diventata gravemente depressa, e Anya era stata l'unica persona che si era presa cura di me. Aveva detto molto poco, ma non si era fermato. Mi aveva lavato i capelli e mi aveva sciacquata. Mi aveva asciugata. Poi mi aveva avvolta in una coperta, mi aveva ammanettata al letto e mi aveva consegnato il telecomando della televisione.

Cosa gli avevo detto? Ricordavo le parole che uscivano da me senza alcun filtro. Gli avevo parlato dell'FBI. Delle cimici. Del codice di sicurezza. Avevo confessato...

Oh cavolo.

Avevo davvero detto che volevo che mi punisse? Pensarci mi faceva riscaldare il cuore. Dovevo essere pazza. Non potevo davvero gradire questo scenario. Che follia totale.

Che cosa aveva detto? *Ho intenzione di punirti completamente. Non ho ancora deciso quanto sarà piacere e quanto dolore.* Probabilmente la droga aveva fatto sì che quelle parole riscaldassero il mio corpo alla temperatura della lava fusa. Certamente non era possibile pensare che io desiderassi quel tipo di trattamento per mano sua. Che io desiderassi quel modo brutale ma attento che aveva con me.

Le cose sarebbero potute andare molto peggio. Ero stata catturata da un uomo pericoloso ma attraente che era più interessato alla tortura sessuale che a qualsiasi cosa sanguinosa o dolorosa.

Ora, dopo avermi lasciato sola per un paio d'ore, si era fatto consegnare la cena e si stava comportando come un perfetto gentiluomo, a parte le manette e il suo rifiuto di permettermi di indossare vestiti.

L'odore del cibo mi fece brontolare lo stomaco. Non mi ero resa conto di quanto fossi affamata. Maykl fece scivolare il piatto davanti a me. Nonostante fosse stato trasportato, il cibo aveva mantenuto un bell'aspetto, c'erano una fettina di limone e un rametto di rosmarino sul salmone.

Maykl era in piedi davanti a me, esitante.

«Posso fidarmi di lasciarti una forchetta, piccola guerriera? Probabilmente no.»

«Sono troppo affamata per combattere» gli dissi, incapace di distogliere lo sguardo dal cibo. Mi venne l'acquolina in bocca.

Lui fece un verso. «Se solo potessi crederti. Ma penso che il siero della verità non sia più in circolo ormai. Non posso fidarmi di nulla di ciò che proviene da quelle belle labbra.»

Recuperò l'altro piatto e una forchetta e si sedette accanto a me.

«Non mi dispiace darti da mangiare, però. Anzi, mi diverte abbastanza così.» Prese un pezzo di salmone e me lo porse.

Accettai il boccone e gemetti dolcemente per la sua perfezione. Leggermente salato e saporito, croccante all'esterno, tenero all'interno, era delizioso.

Lo guardai mentre prendeva un boccone del suo cibo. Non mi fece aspettare a lungo per il boccone successivo.

Avrei dovuto odiarlo per avermi ridotta a mangiare per mano sua. O meglio ancora, non avrei dovuto sentire nulla. Avrei dovuto essere in grado di tenere le emozioni fuori da questa situazione, in modo che la mia mente potesse capire come fuggire, ma ero ancora in una sorta di stato di resa a lui.

Trovava piacevole darmi da mangiare. E io trovavo che mangiare per mano sua fosse altrettanto soddisfacente. Come se potesse dimostrare il legame che avevamo forgiato. Quello di cui non si fidava ancora. Mi dicevo che era una manipolazione, ma si trattava di una bugia.

Lo stavo facendo per lui.

Per me.

Per noi.

Mi sentivo legata a quest'uomo. Mi fidavo di lui con il mio corpo. Mi fidavo del fatto che lui mi desse del piacere. E ora, del fatto che mi nutrisse e si prendesse cura di me.

Avevo dovuto fare affidamento su me stessa e solo su me stessa per la maggior parte della mia vita. Ora non avevo altra scelta che affidarmi a Maykl anche per i miei bisogni più elementari.

Odiavo e amavo il modo in cui questo mi faceva sentire. Terrificante.

Come se stessi cadendo da un precipizio e precipitando nel vuoto. L'impeto del vento e il senso di caduta erano esaltanti, ma non sapevo se avrei raggiunto l'acqua o se mi sarei sfracellata contro la roccia una volta atterrata.

Continuò a darmi da mangiare, mangiando la sua cena tra un boccone e l'altro fino a quando entrambi non finimmo. Poi prese i piatti e la forchetta, li lavò e tornò con una bottiglia d'acqua, che aprì e mi porse.

Mandai giù la cena e usai un tovagliolo per asciugarmi le labbra.

«Cosa sta succedendo, Maykl? Che cosa stai facendo con me?»

Maykl era in piedi davanti a me. «Ti tengo, Kira. E se dimostri che non è possibile tenerti... beh, allora...» fece spallucce e rimase in silenzio perché riempissi il vuoto.

«Beh, allora, cosa?»

Sprofondò nella sedia accanto a me. «Non sarai liberata. Non come nemica di questa cellula.»

Il cuore mi batteva forte nel petto. Sapevo che doveva essere così, ma sentirlo dire lo rendeva concreto e reale.

Una patina di lacrime mi coprì gli occhi, ma le ricacciai indietro. «Quindi devo dimostrare... che cosa? Che sarò il tuo animaletto domestico?»

Tenne il mio sguardo. Nessuno di noi si mosse. Non riuscivo a respirare. Quando scosse la testa, vidi rimpianto. «Non voglio che tu ti faccia male, Kira.»

Mi tremarono le labbra. Ma non credevo che fosse per paura. Era più come se i miei sentimenti fossero feriti, anche se era assurdo. Ma era vero.

Faceva male che Maykl mi minacciasse, per quanto brutta potesse essere la minaccia in sé. Annuii, l'amarezza mi torse le labbra. «Quindi, mi terrai fino a quando non avrai più bisogno di me, e poi sarò morta?»

Trasalì. «*Niet*. No. Non così. Sono stato incaricato della tua custodia. Se scappi, sono morto. Lo siamo entrambi. Ora siamo sulla stessa barca. Tanto vale trarne il meglio, no?»

«Dov'è il mio telefono? Dovrò fare rapporto al mio capo, o saprà che qualcosa non va.» «Ce l'abbiamo noi.»

Qualcosa nel modo in cui lo disse mi diede la sensazione che lo avrebbero usato per tendere una trappola all'FBI.

«Dovrò fare rapporto al mio capo, o saprà che qualcosa non va.»

«Lo stiamo gestendo noi.»

Sì. Avevo ragione. E questo era un male. Se avessero fatto

la guerra all'FBI, le brave persone avrebbero potuto farsi male. Inoltre, l'FBI avrebbe pensato che ero una doppiogiochista e non avrei mai ottenuto le informazioni di cui avevo bisogno su Mika. Dovevo cercare di fermare tutto questo. Sbattei le palpebre verso di lui.

«Come puoi vivere in questo modo? Hai una costante paura per la tua vita. Qual è la ricompensa? Questo grazioso appartamento? Abbastanza soldi per comprare un buon pasto?» «No. La fratellanza è la ricompensa. Protezione e potenza. Famiglia. Appartenenza. Ma lo sai già: una volta che sei dentro, sei dentro per la vita.»

«Potremmo scappare. Insieme.»

Probabilmente era troppo presto per suggerirlo, ma dovevo provare.

Non lo considerò nemmeno, però. Scosse la testa. «Non tradirei mai i miei fratelli. Né ti permetterò di fare del male alla mia famiglia.»

«La tua lealtà è fuori luogo. Queste persone non sono la tua famiglia. Se hai paura per la tua vita...»

«Viviamo secondo un codice. Il codice va rispettato, o ci sono conseguenze. Non vivo nella paura. Sono orgoglioso di quello che sono diventato.»

Qualcosa in quell'affermazione e nel modo chiaro e sicuro in cui tenne il mio sguardo mi scosse nel profondo. Maykl era un criminale. I suoi crimini erano segnati su tutta la sua pelle. Eppure si comportava con onore, andava avanti con orgoglio. E non pensavo che provenisse da un senso distorto di sé. Pensavo che fosse un uomo d'onore, a modo suo.

Mi aveva protetta, anche come sua prigioniera.

E questo scuoteva qualcosa alla base delle fondamenta del mio accanimento contro la bratva. Un sassolino che aveva bloccato la valanga rotolò di lato, e il bacino dell'odio iniziò a perdere il suo contenuto. A scivolare via.

Perché come potevo conciliare la mia convinzione che la bratva fosse tutta cattiva quando quest'uomo davanti a me era fondamentalmente... Buono?

Mi faceva venire voglia di essere più simile a lui. Aveva chiaramente subito dei traumi, come me. Eppure, ne era uscito con forza e resilienza.

Credevo di averlo fatto anch'io, ma c'erano un'amarezza, una rabbia e un odio di fondo dietro la mia forza. Maykl era radicato nella generosità e nella fratellanza. A differenza di me, che avevo fatto resistenza e rifiutato tutti i legami umani dopo il mio doloroso passato, Maykl sembrava averne forgiati di forti, e chiaramente lo avevano reso quello che era.

Ripensai a come stava sulla soglia di quello studio di ceramica meravigliandosi dell'arte coinvolta nella creazione di un vaso. Era una cosa così piccola, eppure mostrava una certa profondità. Era capace di contemplazione. Di apprezzamento.

«Voglio imparare a fare le ciotole» sbottai.

Le sopracciglia di Maykl si alzarono per la sorpresa.

«Questo si può fare» disse lentamente. «Dovrai guadagnartelo come un privilegio, però.»

Fu allora che l'ansia che covavo dentro si placò. Come se il semplice privilegio di poter imparare a modellare l'argilla cambiasse tutto.

Ma diceva tanto. Diceva che avevo un futuro di qualche tipo. C'era qualcosa oltre queste quattro mura e il letto di Maykl. E... Ero ansiosa di esplorarlo.

* * *

Maykl

Ravil mi mandò un messaggio durante la cena per dirmi che il nipote di Kira era con Vlad. Il boss della bratva era protettivo nei confronti del figlio adottivo. Voleva parlare con Mika per vedere se voleva avere qualche contatto con lei.

Tenni per me le informazioni per il momento.

Kira era stata sorprendentemente docile durante la cena, anche dopo che l'avevo informata che non poteva andarsene. Non riuscivo a decidere se stesse cercando di ingannarmi di nuovo. Ma no, non mi aveva mai ingannato prima. Fin dall'inizio, avevo saputo che c'era qualcosa di strano nel suo modo di fare la femmina indifesa per poi cedere alla sfacciata seduzione.

Ora, qualcosa in lei sembrava più reale. Il siero della verità le aveva fatto cadere i muri con me. Oppure era ancora nel suo sistema, ma preferivo pensare che non fosse quello che aveva portato al cambiamento.

La condussi sul divano e ci sedemmo insieme. La avvolsi con una coperta e la sistemai accanto a me, tirandomela vicino al fianco, con le gambe sulle mie ginocchia.

«È necessario coccolarsi?»

C'era una leggera dolcezza nelle sue prese in giro che non avevo mai sentito prima.

«Sì» risposi burbero.

Si appoggiò a me e posò la testa sulla mia spalla. «Non mi dispiace.»

Le baciai i capelli. Le diedi il telecomando e lei scorse a lungo le opzioni, come se nulla la soddisfacesse. O forse non era abituata alle scelte della televisione americana. Alla fine, si fermò su Bridgerton, una soap opera storica di qualche tipo, che mi sembrò una scelta strana. Mi sarei aspettato che la mia piccola guerriera scegliesse qualcosa con un po' di suspense. O anche un film dell'orrore.

Non protestai. Forse stava cercando di infastidirmi con qualcosa che pensava che avrei odiato. Ma no, sembrava completamente assorbita.

Cosa che fece concentrare anche me.

Guardammo il primo episodio fino alla fine, entrambi seduti in silenzio, apparentemente inchiodati alla storia. Come se potesse dirci qualcosa sulla nostra situazione attuale. Su noi due o sulla nostra relazione.

Passammo al secondo episodio, poi al terzo. Quando Kira sbadigliò, presi il telecomando e spensi la televisione.

«Andiamo a letto, *moya Valkiriya*.»

Andammo insieme in bagno, a lavarci i denti, come la più ordinaria delle coppie. Beh, tranne che per le manette. Forse alcune coppie ordinarie usavano anche quelle. Probabilmente non per lavarsi i denti, però.

A letto, aprii le manette e me ne attaccai una al polso per la notte. Dopo aver spento la luce, le diedi la notizia.

«Il mio *pachan* sa dov'è tuo nipote.» Rimase ferma in attesa di più informazioni. «Cosa farai per avere le informazioni?»

«Q-qualsiasi cosa.»

Era quello che sospettavo. «Hai scelto la parte sbagliata.»

Rimase in silenzio.

Credevo di volere che lo dicesse. Mi dispiaceva che avesse lavorato contro di noi, ma ovviamente era sciocco. Solo perché potevamo localizzare suo nipote questo non cancellava i torti che le erano stati fatti dalla bratva. E nessun regalo da parte mia avrebbe potuto cancellare ciò che le avevo tolto durante la mia notte di iniziazione alla bratva.

La cercai nell'oscurità. Trovai la curva della guancia con la mano e la accarezzai.

«Sii buona, piccola guerriera, e ti darò quello che vuoi.»

Era crudele da parte mia cercare di conquistare la sua fedeltà in quel modo, ma sapevo già che poteva essere comprata. Era stato con questa promessa che il suo supervisore l'aveva convinta ad aiutare la bratva di Mosca a superare le nostre difese. Naturalmente, aveva creduto di aiutare l'FBI.

«Cosa vuoi che faccia?» sussurrò nel buio.

Pensava che le avrei chiesto di fare qualcosa. Il doppio gioco con l'FBI forse.

Avevamo già pianificato tutto senza il suo aiuto. Ma era bello sapere che avevo abbastanza leva se avessimo avuto bisogno di lei.

«Fai la brava» mormorai, accarezzandole la guancia con il pollice.

«Mmm.» Fece un piccolo verso di considerazione, come se stesse cercando di capire cosa significasse.

Come poteva sapere che stavo cercando di negoziare per il suo amore? Di conquistare la sua fedeltà permanente? Ma forse darle Mika mi avrebbe fatto riuscire.

Quando avesse scoperto che era stato ben curato, come un vero figlio adottivo, non come un giovane brigadiere della bratva, forse l'avrebbe pensata diversamente su di noi.

«È al sicuro e felice. Suo padre adottivo gli chiederà se vuole vederti.»

Inspirò, scioccata. «Dov'è? Chi lo ha adottato?»

«No. Non ti sei ancora guadagnata le risposte. Non te le devo.»

Emise un piccolo singhiozzo. «Non so se posso crederti.»

«Dovrai decidere, sai? Di chi ti puoi fidare e chi invece ti sta dicendo solo bugie.»

Si calmò. Trovò il mio petto con la punta delle dita e ne tracciò i contorni nell'oscurità.

«Mi sembra sbagliato fidarmi di te.» Le sue parole mi piombarono addosso come un colpo fino a quando non aggiunse: «Ma penso di fidarmi.»

Il senso di colpa si mescolò alla soddisfazione. Cosa sarebbe accaduto a questa fiducia una volta che avesse scoperto che ero l'uomo che aveva premuto il grilletto su suo padre?

Volevo dirglielo. No, non volevo farlo, ma sapevo che

avrei dovuto. Sarebbe bastato tirarlo fuori subito per vedere se c'era qualche possibilità di superarlo.

Ma stavo assaporando troppo quel momento. Non riuscivo a spezzare quel tenue, delicato filo che stava raggiungendo i nostri cuori per collegarli in quel momento.

CAPITOLO DODICI

Kira

Dormii profondamente. Quando mi svegliai, mi ritrovai legata al letto di Maykl. Le coperte erano state rimboccate intorno al mio corpo nudo, quindi non avevo freddo.

Mi sembrò di essere sola. Ascoltai per un attimo ma non sentii nulla. C'era un laptop aperto sul comò con una piccola luce verde che brillava nella parte superiore.

Una telecamera.

Mi stava monitorando, forse dalla sua scrivania al piano di sotto.

Gospodi, da quanto tempo dormivo?

Cercai di deglutire, ma avevo la bocca asciutta.

Sollevai la testa e cercai di apparire patetica mentre mi concentravo sul puntino sullo schermo del portatile.

«Maykl? Ho sete.» Non esagerai la mia disperazione. Confidavo davvero che sarebbe venuto. «Ho bisogno di acqua.»

Pochi minuti dopo, lo sentii entrare nell'appartamento. Sentii il tintinnio di un bicchiere, poi un rubinetto scorrere. Quando entrò, si mise davanti a me con un bicchiere d'acqua in mano. Sfoggiava un sorrisetto malvagio, e invece di portarmi il bicchiere d'acqua alle labbra, tirò la coperta verso il basso per rivelare la mia figura nuda.

«*Valkiriya*. Mi piace averti incatenata al mio letto.»

Mi tenne la nuca per aiutarmi a sollevarmi mentre mi portava il bicchiere alle labbra. L'acqua mi gocciolò da entrambi i lati della bocca quando la rovesciò troppo velocemente. La asciugò con il pollice.

«Hai bisogno di usare il bagno?»

Annuii, e lui tirò fuori la chiave delle manette e la infilò nella serratura. Considerai l'idea di lottare. Avrei potuto coglierlo di sorpresa nel momento in cui mi liberava i polsi. Avevo recuperato completamente le forze. Non ero più rammollita dalla droga, dal sesso e dalla vulnerabilità che mi aveva strappato ieri.

I nostri sguardi si fissarono e capii che sapeva esattamente cosa stavo pensando. Si bloccò. Era pronto per qualsiasi attacco. Probabilmente non avrei vinto contro di lui, anche se era riluttante a farmi del male, cosa che avrei potuto usare a mio vantaggio.

Ma avrei potuto essere riluttante anche io a fargli del male, ora. «Sarò buona» mormorai, rendendomi conto che era vero.

Per il momento, comunque.

Aveva detto di sapere dove si trovava Mika. Pensavo di credergli. E, inoltre, ero... non odiavo la mia prigionia. Se avessi aspettato il momento giusto, avrebbe potuto esserci un modo più semplice per liberarmi.

Almeno, era quello che mi dicevo. Non che volessi rimanere prigioniera di Maykl a tempo indeterminato.

Niente affatto. Mi liberò i polsi e puntò la testa verso il bagno.

Usai il bagno e mi lavai la faccia. Quando uscii, non era in camera da letto.

Feci una rapida scansione della stanza, alla ricerca di un'arma. Non ce n'erano molte. La lampada da comodino, forse.

Ma ancora una volta, scelsi di non combattere. Bastava prenderne nota per il futuro, se necessario. E per qualche ragione, sentivo sempre di più che non sarebbe stato necessario.

Trovai Maykl in cucina. Aveva versato i cereali Life in una ciotola per me. Aggiunse del latte e mi passò un cucchiaio. Mi sedetti nello stesso posto della sera prima e mangiai con le mani ammanettate.

Non fu facile, ma nemmeno impossibile. Decisi di non lamentarmi. Di comportarmi bene per lui. Di vedere dove mi avrebbe portata. Ogni momento che passava, percepivo l'imminente senso di disastro. Presto sarebbero arrivati l'FBI e Stepanov, e la bratva li avrebbe aspettati. Considerando che l'FBI avrebbe pensato che io avessi fatto il doppio gioco, non potevo contare sul fatto che una delle due parti mi avrebbe protetta, e questo era un problema.

Il problema ancora maggiore? Stavo iniziando ad allinearmi con i cattivi. Stavo diventando quella doppiogiochista.

Quando finii di mangiare, Maykl mi riportò in camera da letto, dove mi incatenò, a braccia aperte al centro del suo letto. Un caldo febbrile fiorì in me, a quella posizione. Sapendo che mi ci aveva messa per il suo piacere. Tracciò le curve del mio corpo con uno sguardo pesante.

«Ti è piaciuto raccontarmi tutte le tue fantasie più profonde ieri, Kira?»

«Non te le ho dette tutte.» dissi con un tono di sfida. Come se volessi che scoprisse il resto. Abboccò. «Allora dovrò estorcerti il resto.»

Il mio battito schizzò. La pancia si capovolse per l'eccitazione. «Come?»

«Ti farò implorare, supplicare e urlare, piccola guerriera.»

Prese un capezzolo tra le nocche di due dita. «Ma penso che sia quello che vuoi, non è vero?»

«*Niet*» mentii.

«Vedremo.»

Era compiaciuto. Molto sicuro di sé. I segreti che mi aveva rubato gli avevano dato fiducia. Una scossa di avvertimento mi risuonò dentro. Ero convinta che fosse sano di mente. Non era un sociopatico. Ma potevo avergli dato più credito di quanto meritasse.

Dopotutto, era un assassino e lavorava per la bratva. Poteva avere un senso molto distorto di cosa fosse giusto e sbagliato. Inoltre, solo perché non voleva farmi del male non significava che mi avrebbe mai lasciata andare.

Mi tolse completamente le coperte e strisciò tra le mie gambe. Sentii il suo respiro infilarsi caldo tra le pieghe della mia signora.

Posò un casto bacio all'apice delle mie labbra sottili, e un brivido di desiderio mi attraversò. Io ero già prossima a elemosinare, e lui non aveva nemmeno iniziato.

La punta della sua lingua mi aprì, e lui la fece roteare sul clitoride.

«Ti dà fastidio, Kira?»

L'interno coscia tremò, tirando contro le fascette.

«C-cosa?» trillai mentre mi succhiava le labbra e poi le rilasciava con uno schiocco. «Ricevere piacere da qualcuno che odi. Un fratello della bratva?»

Per qualche ragione, questa affermazione mi colpì come una forte pugnalata al petto. Perché il mio odio si era già mescolato con l'attrazione. Con il desiderio. Il mio bisogno di sconfiggere la bratva era bloccato dalla presa dell'attrazione. Dall'interesse per quest'uomo grande e corpulento che sembrava così interessato a me.

Non solo alle informazioni che gli avevo dato. Ma a me.

«Il mio odio...» Non riuscii ad andare avanti perché sentii le parole bloccarsi sotto le costole, premendo contro i miei polmoni per stringermi il respiro. Era una cosa vecchia. Finemente levigato. Nato dalla paura e dall'impotenza della mia giovinezza. Dal desiderio di superare quel sentimento una volta per tutte.

Non aiutò il fatto che Maykl avesse cominciato a leccarmi, a penetrarmi con la punta della lingua, ad avvitare un dito dentro di me.

«Vedi?» Alzò la testa e sorrise, le labbra lucide dei miei succhi. «Non puoi nemmeno rispondermi.»

«Sei parte di qualcosa che odio» riuscii a dire. Era il massimo che potevo offrirgli. Non potevo dire di non odiarlo perché c'era dentro, lo rappresentava. Ma nessuna parte di me provava odio diretto verso di lui.

Lui era troppo...

«*Ugh.*» Buttai indietro la testa per lo shock di piacere che mi diede quando trovò il punto G.

Troppo...

Un altro lamento mi uscì dalle labbra. «*Pozhaluysta.*» Lo implorai, proprio come aveva previsto.

«Dimmi di cosa hai bisogno, *Valkiriya.*»

Tirai i miei legacci, la lussuria e l'impotenza mi resero aggressiva. Arrabbiata.

«Ho bisogno che tu mi liberi.»

Scosse la testa. «Non accadrà.» Mi schiaffeggiò tra le gambe, sculacciandomi con diversi schiaffetti leggeri che mi fecero strattonare ancora più forte per liberarmi. Poi, con mio orrore, si allontanò, scese giù dal letto.

«Ti lascerò un po' cuocere a fuoco lento. Devo tornare alla mia postazione.»

«Aspetta!» gridai allarmata. «Ho fame! Ho sete! Devo andare in bagno!» Nessuna di quelle cose era vera. Non volevo essere lasciata sola. Non quando ero calda e bisognosa e non avevo mezzi per soddisfarmi.

Sembrava sapere che si trattava di un bluff perché mi propose solo un'alzata di spalle. «Dovrai pensare molto bene a come farmi piacere la prossima volta.»

«Aspetta... cosa?»

Uscì dalla porta e io guardai furiosa, a bocca aperta, mentre mi attraversava la frustrazione. Uomo malvagio. Malvagio, orribile, meraviglioso demone di un uomo. Presi un respiro tremolante e lo lasciai uscire con un gemito. Forse lo odiavo dopo tutto. Se avesse continuato così, avrei imparato sicuramente a disprezzarlo completamente.

* * *

Maykl

Il problema di torturare Kira era che mi stavo torturando anch'io allo stesso tempo. Lasciai le guardie davanti alla mia porta a sorvegliare l'appartamento e tornai alla mia postazione con la più grande esplosione di palle blu della storia.

Avevo lasciato Gleb come responsabile della porta d'ingresso.

«Sei già tornato? Vai» mi salutò. «Ci sono io qui. Vai a fare tutto ciò che ti ha tenuto occupato oggi. Io non ho nient'altro da fare.»

Esitai. Lasciare Kira da sola faceva parte del mio piano, ma era anche vero che non volevo lasciarla a lungo. Ma le pompe funebri mi avevano lasciato un messaggio sul telefono dicendo che le ceneri di sua sorella erano pronte, quindi avrei potuto fare quella commissione.

«Grazie.» Gli parlai in inglese perché questa era la regola che ci aveva imposto Ravil. Se non lo avesse fatto, nessuno di noi avrebbe perfezionato la lingua dato che vivevamo tutti qui insieme.

Mandai un messaggio a Ravil per assicurarmi che non mi avrebbe inchiodato a un muro perché stavo lasciando l'edificio, e lui mi chiamò.

«Il telefono di Kira si è rivelato utile» mi disse.

«Davvero? Bene.»

«Stepanov le ha fissato un incontro. Ci andremo noi per colpirli.»

Notai che Ravil non mi disse quando e dove. Come se non si fidasse del fatto che non li avrei traditi. Come se avessi potuto scegliere Kira al posto dei miei fratelli.

Lo avrei fatto? L'amore poteva far fare agli uomini cose strane. Avevo visto il comportamento dei miei fratelli cambiare radicalmente una volta scelta una donna.

«Come va con lei?»

Pensai alla mia bella Valchiria legata al letto, e mi si indurì il cazzo.

«Sto facendo progressi.»

«Maxim ti ha consigliato di conquistare il suo cuore.»

«Sì.»

«Puoi farlo?»

Deglutii. Potevo? La possibilità c'era. Ma c'era anche la questione della morte di suo padre. Quello avrebbe potuto essere un problema insormontabile.

«Vorrei» risposi.

Era l'unica risposta che potevo dare.

«Bene. Quindi vai a prendere le ceneri. Prenditi cura della tua femmina. Ci occuperemo della sicurezza dell'edificio fino a quando le cose non saranno risolte.»

«Chiaro. Grazie, *pachan*.»

Con la sua benedizione, andai a prendere le ceneri e poi mi fermai a prendere zuppa e panini alla gastronomia all'angolo. Presi anche il pranzo per Gleb, glielo lasciai alla scrivania quando passai. Alzò il mento in una versione burbera di ringraziamento.

Salii le scale ed entrai nell'appartamento. Preparai il pranzo in cucina, poi mi diressi verso la camera da letto.

Nel momento in cui vidi Kira, mi dimenticai di mangiare. Di respirare. Di fare qualsiasi cosa tranne che divorarla. Aveva le natiche arrossate. I capezzoli si indurirono. La pelle tra le sue gambe si sollevò e si agitò in attesa di essere toccata. Aveva un aspetto magnifico.

Mi appoggiai al comò per godermi la vista. Per impedirmi di andare dritto da lei e violentarla in ogni modo possibile.

Perché questa avrebbe dovuto essere una punizione. La stavo facendo aspettare. La osservai da vicino. Se avessi visto qualche tipo di paura in lei, probabilmente sarei andato in qualche altra direzione.

Ma tutto ciò che vidi fu irritazione e desiderio. Lei lo voleva. Probabilmente odiava il fatto di volerlo, ma questo non cambiava il modo in cui si contorceva sul letto, ansimando. Il modo in cui implorava con gli occhi.

Mi avvicinai e salii sul letto.

«Riproviamo?» Feci scivolare le mani sotto il suo culo e lo strinsi mentre la leccavo ancora una volta. Era ancora più succosa di quando me ne ero andato, come se il suo desiderio fosse cresciuto ogni minuto che non c'ero stato.

Mi fermai quando non rispose, e lei abbaiò rapidamente un «*Da.*»

La ricompensai con diversi colpi decisi della lingua, che terminarono con un lento roteare intorno al clitoride.

Fece dondolare i fianchi fino alla mia bocca. «È questa la tua fantasia, Maykl?» ansimò.

«Sì.»

«L'hai già fatto prima?»

Era gelosa? «Cosa? Catturare informatrici dell'FBI e punirle con la lingua? No.»

Lei mosse i fianchi da un lato all'altro. «Hai fatto questo con altre donne?»

Era gelosa. Mi attraversò una sensazione di compiacenza.

Sollevai la testa e sorrisi. «No. Sei la prima donna a ispirare questo preciso trattamento. Ti fa piacere, Kira?»

Ero sicuro di sì perché arrossì mentre i nostri sguardi si fissavano.

«Sono tentato di torturarti in questo modo tutto il giorno» dissi.

«Non lasciarmi più!» gridò allarmata, e io ridacchiai.

«No?» Strisciai su di lei, sbottonandomi i pantaloni. «Di cosa hai bisogno, piccola guerriera? Vuoi ancora la mia lingua tra le gambe?»

«S-sì, per favore» chiese.

Era adorabile quando era a pezzi in questo modo. Presi un preservativo dal comodino e mi sfilai i vestiti prima di srotolarlo.

La studiai. «Ti lascio in questa posizione?» Stavo riflettendo ad alta voce. Ma sapevo già la risposta. Per quanto fosse bella aperta in quel modo, volevo quelle gambe avvolte intorno a me una volta affondato profondamente dentro di lei. Volevo che fosse in grado di partecipare. Le liberai entrambe le caviglie e uno dei polsi, poi mi arrampicai su di lei e mi fermai, guardando in basso. Probabilmente stavo aspettando il consenso, anche se lei mi aveva appena implorato. Ma volevo sentirmi desiderato.

«Voglio stare sopra» sussurrò.

Sorrisi. Proprio da lei. La mia piccola guerriera, che chiedeva ciò che voleva. Le liberai il polso da dove era incatenato al letto e fissai l'altra manetta al mio polso. Poi rotolai sulla schiena, le misi le mani alla vita per aiutarla a salire. Gli occhi le andarono indietro nella testa mentre si arrampicava. I suoi muscoli interni mi diedero una stretta, facendomi rabbrividire di piacere. Osservai come prendeva ciò di cui aveva bisogno da me, iniziando lentamente, muovendo il corpo in ondulazioni belle e aggraziate. Presto i suoi fianchi iniziarono a scattare mentre cercava di portarmi più in profondità. Prese il passo, perse il fiato. Teneva entrambe le mani sulle mie spalle e io usavo la mano libera per spingere i suoi fianchi in avanti.

Iniziò a gemere. A balbettare. Cose come «ora» e «sì» e «Ti prego.» Gridò il mio nome due volte. Ogni volta mi fece scattare un'ondata di lussuria dentro. Alla terza volta, non ressi più. La capovolsi sulla schiena e spinsi fino alla nostra gloriosa fine. Venimmo entrambi nello stesso momento: i suoi muscoli mi munsero il cazzo fino all'ultima goccia.

Rabbrividii e tremai e gemetti per il rilascio.

E quando calò il silenzio, abbassai le labbra sul suo collo e la baciai. «Grazie» mormorai.

Emise un gridolino, come se il mio ringraziamento l'avesse ferita.

Quando sollevai la testa, notai delle lacrime nei suoi occhi. Le ricacciò sbattendo rapidamente le palpebre, e girò il viso di lato. Le presi la mascella e la girai verso di me. «Che c'è?»

«Non lo so» disse, le credetti.

«È stato solo... intenso. Ma bello, Maykl. Bellissimo.» Dopo un attimo di esitazione, disse: «Grazie.» Quasi come se le costasse ringraziare. Come se stesse ammettendo qualcosa a sé stessa facendolo.

Reclamai un tenero bacio dalle sue labbra. Del tipo senza lingua che si muoveva in superficie e si stringeva alla fine. Emise un altro piccolo verso addolorato.

La mia tenerezza l'aveva ferita di nuovo. Intendevo continuare a ferirla in quel modo. Mostrandole gentilezza. Offrendole la mia presenza.

Forse alla fine, avrebbe imparato ad accettarlo senza soffrire.

CAPITOLO TREDICI

Kira

Dopo la doccia, Maykl mi lasciò indossare dei vestiti. Mi aveva slegata ma mi teneva sotto controllo.

«Ho recuperato le ceneri di tua sorella» mi disse.

Provai di nuovo la sensazione di avere inghiottito una pietra, la stessa di sempre quando pensavo ad Anya.

«Oh.» Non mi venne in mente nulla da dire. «Dove sono?»

Indicò il cilindro di cartone sulla sua scrivania. Mi avvicinai e aprii il coperchio, poi lo richiusi rapidamente. Non ero una schizzinosa, ma qualcosa nel sapere cosa c'era dentro mi faceva venire i brividi.

«Vuoi...tenerle? O disperderle da qualche parte per dirle addio?»

Guardai fuori dalle giganteschè finestre di Maykl verso il lago. «Forse... disperderle. Là fuori. Per lasciarla a Chicago.»

Lui annuì. «Organizzerò tutto io.» Tirò fuori il telefono per mandare un messaggio a qualcuno. Non potei farne a meno. Mi buttai verso di lui, avvolgendogli le braccia attorno al robusto tronco e stringendolo forte. Era difficile capire perché fosse così gentile. Cosa potesse sperare di guadagnare facendo così.

Mi baciò sulla testa.

Ricevette un messaggio, che controllò e poi mise il telefono in tasca. «Prendi gli stivali e il cappotto. Andiamo adesso.»

«Al lago?» Sbattei le palpebre per la sorpresa.

«Sì.»

«Posso uscire? Voglio dire, andiamo al lago?»

Mi rimaneva difficile assimilare questo fatto. Che potevo passare da prigioniera a coccolata in un batter d'occhio.

«Anche in guerra, c'è tempo per seppellire i morti.»

«Siamo in guerra?» gli chiesi. Perché non volevo più esserlo. Volevo trovare una via d'uscita da questa situazione che ci mettesse entrambi dalla stessa parte. Ma era possibile? Inclinò la testa. «Lo siamo fino a quando non lo saremo più. Vai a metterti gli stivali.»

Rimuginai sulle sue parole mentre mi mettevo gli stivali e il cappotto. Quando tornai, mi consegnò le ceneri e poi mi mostrò lo schermo del suo telefono.

Rimasi senza fiato. *Mika.*

Cresciuto. Non sapevo nemmeno come lo avevo riconosciuto, se non per il fatto che la somiglianza familiare era tutta lì. Sembrava mia sorella.

«Nel caso avessi bisogno di un incentivo per non darmi problemi.»

Pensai di cogliere una sfumatura di rammarico sul volto di Maykl mentre mi minacciava. Mi lacrimarono gli occhi, strinsi le labbra e annuii.

«È al sicuro?»

«Sta bene. Non sto minacciando la sua sicurezza. Ti sto dicendo di fare la brava, così puoi vederlo.»

Scossi la testa, ancora sopraffatta dall'emozione. Il sollievo che fosse stato davvero trovato – che fosse ancora vivo e Maykl sapesse dove si trovava – mi fece venire voglia di inginocchiarmi e lodare un dio in cui non credevo nemmeno.

Maykl vide la mia emozione e mi avvolse con un braccio per condurmi alla porta. All'esterno c'erano due soldati bratva con la faccia da battaglia.

Metabolizzai quelle informazioni. C'erano state delle guardie aggiuntive alla porta per tutto il tempo. Per qualche ragione, la cosa non mi scoraggiò. Non mi sentivo così preoccupata da pensare di scappare.

Lo siamo fino a quando non lo saremo più.

C'era un enigma lì dentro. Qualcosa da risolvere. Qualche indizio su ciò che stava pianificando per me. «Seguiteci» ordinò Maykl, e le guardie entrarono nell'ascensore. Qualcun altro sedeva alla scrivania di Maykl. Un uomo più anziano ma chiaramente della bratva a giudicare dai tatuaggi che si estendevano oltre le maniche e sul dorso delle mani.

Maykl mi teneva il braccio intorno. Ero sicura che fosse per tenermi vicina, per assicurarsi che non scappassi, ma era anche protettivo.

Confortante, persino.

Mi condusse sul marciapiede verso il lago. Mentre passavamo vicino alla finestra dell'edificio, sentii bussare e Kat mi salutò amichevolmente dal suo studio.

Sorrisi perché era impossibile non ricambiare la cordialità. Fuori faceva freddo, e mi strinsi nella giacca mentre camminavamo nel vento.

Maykl mi portò alla fine di un molo. Rimasi in piedi e guardai l'acqua per molto tempo. Era di un blu scuro. Il cielo era grigio, perfetto per l'occasione.

Maykl non mi mise fretta. Né mi spinse. Rimase accanto a me, la sua figura e la sua forza erano un pilastro a cui appoggiarmi.

Feci un respiro profondo. «Ok, facciamolo.» Aprii il

coperchio del contenitore delle ceneri e scaricai tutto senza tante cerimonie. Nessuna dispersione. Le avevo solo versate.

«Possa la terra esserle lieve.» Maykl disse il tradizionale detto russo.

«Solo che è in acqua» dissi. Mi misi a ridere. Era una risata isterica. Il tipo che avrebbe potuto facilmente trasformarsi in lacrime. In effetti, alcune lacrime mi scesero lungo le guance mentre mi appoggiavo alla figura solida di Maykl, dondolandomi sui piedi per l'isteria.

Mi avvolse tra le sue braccia e ondeggiò delicatamente con me mentre ridevo fino a singhiozzare.

Quando finalmente lo sfogo si esaurì, mi allontanai e mi asciugai le lacrime. «Sto bene» dissi, anche se non aveva detto nulla. Dietro di lui, le guardie erano rimaste stoiche e vigili.

Mi voltai verso l'acqua, verso i turbini di cenere che si estendevano nel gigantesco specchio d'acqua.

«Ciao Anya.» Deglutii. «Mi dispiace di non aver fatto di più per aiutarti. Mi dispiace che tu sia stata una mamma di merda. Mi dispiace che tu sia morta. Mi dispiace... Mi dispiace che non sia successo a me.»

Maykl vacillò visibilmente. «Che cosa intendi?» chiese.

Non lo guardai. Tenni lo sguardo sulla scia di cenere che si allungava man mano che si allontanava sempre di più. «Intendo dire, quando è arrivata la bratva. Avrei potuto prendere il suo posto. Non avrei permesso che mi spezzasse nel modo in cui è stata spezzata lei.»

Le sopracciglia di Maykl si avvicinarono. «Tu... Ti senti in colpa perché hanno scelto lei?» Annuii.

Si avvicinò, proprio accanto a me, fino a spingere la mia spalla contro il suo braccio mentre guardavamo insieme.

«Tutti vorremmo la possibilità di cambiare delle cose del nostro passato. Cose che abbiamo fatto. Cose fatte a noi.

Cose imperdonabili. Ma quel senso di colpa non serve a nessuno.»

«Non posso semplicemente lasciare andare. Se lo facessi, smetterei di preoccuparmi. E mi sentirei come se non mi interessasse più di niente e nessuno.» Le lacrime mi bloccarono la voce.

«Io...» Maykl mi sembrò in difficoltà. «C'è una cosa che ho fatto, Kira. Dopo avere ucciso mio padre. Non mi pento di quel crimine. Mi avrebbe ucciso se non mi fossi difeso. Ma non capivo come funzionasse. Il *pachan* mi ha fatto credere che la fratellanza mi avrebbe accolto.» Maykl aspettò così a lungo per parlare che capii che stava lottando con i suoi ricordi.

«Ma richiedevano un'iniziazione. Un prezzo da pagare per diventare uno di loro.» Si allontanò da me, come se non volesse contaminarmi con i suoi crimini. «Non sapevo quale costo avrebbe avuto quell'iniziazione sulla mia anima.»

Finalmente mi girai. Mi aveva tirata completamente fuori dal mio turbamento. Il bisogno di confortarlo crebbe: una sensazione sorprendente ma dolce. «Che cosa hai fatto?» chiesi sommessamente.

Si girò verso di me e faticò a deglutire. Aveva gli occhi spiritati. «Un'esecuzione. Un uomo che doveva loro dei soldi e ha cercato di pagare con valuta falsa. Avevo...» prese un respiro. «Tredici anni. Mi hanno messo una pistola in mano e mi hanno puntato contro di lui. Dovevo mettermi alla prova. Se non l'avessi fatto... Sarei rimasto solo.»

Mi avvicinai e gli presi la mano poggiata sulla ringhiera del molo. «Però non è stata la tua unica uccisione, giusto?» Tracciai le X tatuate sulle sue nocche.

Scosse la testa. «No, ma... quella che mi ha rovinato.»

Sentii la pesantezza e la costrizione della sua affermazione come una nuvola di oscurità nei miei polmoni. «Non sei rovinato.»

In qualche modo, ne ero sicura. Assolutamente positiva.

Ma scosse la testa. «Tu non lo sai.»

Sembrava così addolorato. Gli strinsi le dita.

«Non sai chi era.»

Inspirai con fatica, immaginando improvvisamente il peggio. Un bambino o una vecchia signora. Qualcuno completamente indifeso.

«Era un innocente?»

«No. Aveva a che fare con gli affari della bratva. Ha cercato di imbrogliare per liberarsi dai suoi debiti, mi è stato detto. E non era la prima volta.»

Maykl mi scrutò il volto. Non sapevo cosa cercasse. Ne sentivo la grandezza, però. Non stava facendo un gran lavoro nel tirarmi su di morale, se questo era il suo intento.

Sbattei le palpebre per ricacciare le lacrime. Per lui. Per me. Per Anya e Mika. «Perché mi dici questo?»

Abbassò la testa e la scosse. «Ho perso il punto. Volevo dirti che il senso di colpa non serve a nessuno. Il mio senso di colpa non può cambiare quello che ho fatto. Mettere in discussione questa scelta non lo cambierà. Né mi impedirò di sperimentare il resto di questa vita. Il senso di colpa non serve a nessuno. Non riporta in vita i morti. Non guarisce le ferite, le fa solo marcire.»

«Quanti anni avevi quando ti sei unito alla bratva?» chiesi.

«Tredici.»

Tredici. La stessa età che avevo io quando Anya fu presa dalla bratva per pagare il debito di mio padre. «Eri solo un bambino. Non conoscevi nessun'altra via d'uscita dalla tua situazione.» Annuii. «Hai fatto quello che dovevi fare per sopravvivere.»

Forse mi sbagliavo. Forse sarei morta dentro se la bratva mi avesse presa al suo posto. Forse avrei cercato la droga per intorpidire il dolore, come aveva fatto Anya. Credere che avrei fatto meglio era ingenuo nella migliore delle ipotesi, arrogante nella peggiore. Inoltre, Maykl aveva ragione. Il senso di colpa non riportava in vita i morti. Potevo solo andare avanti. Vivere nel presente. Gli tirai la mano. Le mie dita erano screpolate e intorpidite dal freddo. Avevo i guanti in tasca ma non mi ero preoccupata di indossarli. «Torniamo indietro. È fatta.»

Maykl strinse la mia mano nella sua, e poi la infilò nella tasca del suo bomber di pelle. Tornammo all'edificio in silenzio. Insieme. Separati. Ma uniti in un modo che non capivo. In quel momento, non avevo bisogno di capirlo. Mi accontentai di camminare al fianco di quell'uomo. Di ricevere il suo calore e la sua forza. La vulnerabilità che mi aveva appena offerto per affiancare la mia. Per il momento, mi sarei arresa.

Sapeva dove si trova Mika. Mi aveva mostrato una foto. Forse la somma di tutto mi aveva portato a questo momento. Esattamente dove avrei dovuto essere. In qualche disposizione cosmica del nostro destino, ero stata fatta prigioniera dall'unica persona che avrebbe potuto aiutarmi. E poi pensai ad Anya. Non la donna pietosa che era andata in overdose, ma la giovane Anya. Quella che aveva cercato di proteggerci entrambe con un coltello da macellaio.

Allora aveva avuto un'energia da guerriera. Come la mia. E la sentivo con me in quel momento. Proprio al mio fianco. Sembrava una promessa che tutto sarebbe andato bene.

* * *

Maykl

FUI RILUTTANTE A RIMETTERE Kira in manette quando tornammo nel mio appartamento. Rimase alla finestra per un po', guardando il lago, poi entrò in cucina e iniziò ad aprire la dispensa.

«Cosa stai cercando?»

«Voglio cucinare» dichiarò. «È stata Anya a insegnarmi a cucinare. Ti piacciono i biscotti da tè?» Deglutii per sorpresa. «Sì.»

I biscotti da tè russi erano i miei preferiti, anche se non ne mangiavo da anni.

«Hai dello zucchero a velo?»

«Lo ordino. Cos'altro?»

Snocciolò una breve lista e io ordinai la consegna a domicilio dal negozio di alimentari locale. Quarantacinque minuti dopo, uno dei soldati bussò alla porta con gli ingredienti. Altri trenta minuti, e il mio appartamento era intriso del delizioso profumo di vaniglia calda e zucchero.

Avrei voluto dirlo a Kira.

Di suo padre.

Ci avevo provato.

Ma alla fine, non c'ero riuscito. Soprattutto quando avevo capito che non aveva bisogno che aggiungessi un altro trauma a quella che era già una giornata difficile.

Ora, niente mi dava più soddisfazione che vederla sentirsi a suo agio in cucina. Di certo non pensavo che una donna appartenesse alla cucina. Non ero cresciuto con una madre in casa. Non avevo mai avuto quel tipo di ideale. Ma mi piaceva il modo in cui lei sembrava a suo agio. Come se ci appartenesse.

Quando i biscotti si furono raffreddati, ci sedemmo a tavola e li immergemmo nel latte. «Di quanto era più grande Anya?» chiesi.

«Quattro anni. Era come una madre per me sotto molti aspetti.»

«Hai avuto una madre?»

«Nostra madre era una persona fantasma. Ha sempre

lavorato molto duramente per una paga molto bassa. Nostro padre era uno scansafatiche, quindi pensavo che il suo fosse solo una specie di controllo emotivo. Quasi come con uno zombie. Ci ha aiutate con Mika dopo la sua nascita. I bambini hanno un modo di far emergere qualità che non sapevi di avere.» Le si riempirono gli occhi di lacrime.

«Mika sta bene.» Ravil mi aveva inoltrato la foto dell'adolescente. Stava ancora discutendo con il padre adottivo del ragazzo sul fatto anche solo di entrare in contatto con Kira.

«Kira, potrebbe non volere o non aver più bisogno della tua presenza nella sua vita. Sei preparata per questo?»

Mi fissò. Gli occhi azzurri spalancati, da cui scendevano le lacrime. Inspirò con un singhiozzo e trattenne il respiro, poi lo lasciò uscire lentamente. «Sì» annuì. «Immagino che se lui è felice, lo sono anche io. Sono stata così preoccupata per lui. Credo di aver pensato che avesse bisogno di essere salvato.»

«Sei stata coraggiosissima a venire qui da sola per salvarlo. In un Paese straniero, senza aiuto. Andare sotto copertura in una roccaforte della bratva. Molto coraggiosa.»

Si lasciò scappare una risata acquosa.

«Ma ho fatto un casino totale.»

Alzai le sopracciglia. «Dici?»

Ci fissammo l'un l'altro dall'altra parte del tavolo. Volevo che sentisse quello che sentivo io. Che il nostro incontro esplosivo era stato un dono. Qualcosa destinato ad esserci. Avrebbe ottenuto quello che desiderava: le informazioni su suo nipote, ma poteva ottenere anche questo. La connessione intangibile forgiata tra noi due. Quello che volevo continuare a forgiare fino a farlo diventare spesso come una corda e più forte del ferro.

«Non l'ho fatto?» chiese, con una voce più morbida delle piume.

Scossi lentamente la testa.

Si alzò bruscamente dalla sedia. Considerando che era mia prigioniera e aveva le mani libere, mi concentrai quando si lanciò contro di me con intento vizioso. Ma lo fece per baciarmi. Mettendosi a cavalcioni sul mio grembo per spazzare la lingua tra le mie labbra. Sapeva di zucchero a velo e dolcezza. Le afferrai i fianchi e la strattonai sulle mie ginocchia, avendo bisogno di strofinare quel nucleo caldo sul mio cazzo gonfio. Le mie mani scivolarono dentro il suo maglione, coprendo il seno sul reggiseno. Mi sbottonò la camicia, poi perse la pazienza e cercò di strapparla. Quando non riuscì, ridacchiai e lo feci da solo, facendo partire i bottoni intorno a noi. Le sfilai il maglione, le sganciai il reggiseno. Mi tolse la maglietta intima e aprì la fibbia della cintura, muovendo le sue labbra sulle mie in preda alla frenesia.

Mi alzai in piedi, la presi in braccio. Avvolse le gambe intorno alla mia vita e continuammo a baciarci mentre la portavo in camera. La appoggiai delicatamente al centro del letto e le sbottonai i jeans mentre mi toglievo gli stivali. Si tolse gli stivali anche lei e sollevò i fianchi per permettermi di toglierle i jeans e le mutandine. Mi sfilai i jeans.

Le sue mani erano su di me, mi accarezzò le spalle e il collo, mi tirò giù verso di lei. Avvolse quelle gambe lunghe e magre intorno alla mia schiena e le usò per attirare i miei fianchi verso i suoi.

Presi un preservativo dal comodino. Me lo tolse di mano e strappò l'involucro. Ora ci stavamo muovendo in perfetta collaborazione. I nostri obiettivi erano perfettamente allineati. Il nostro bisogno l'uno dell'altro era disperato allo stesso modo. Volendo assicurarmi che fosse pronta a prendermi, le baciai il collo fino al seno e succhiai un capezzolo in bocca.

Lei era impaziente, però, e raggiunse il mio cazzo. Mi inginocchiai in modo che potesse srotolare il preservativo sulla mia erezione. Mi trascinò al suo ingresso. Mi guidò dentro. Affondai nel suo calore come se stessi tornando a casa. Come se fosse il posto a cui appartenevo. Come se nulla avrebbe mai potuto impedirmi di rivendicare quella figa perfetta. Per sempre.

«Ti voglio» gemette Kira.

«Mi hai.» Le divorai la bocca con un bacio, immergendo la lingua dentro per scoparla con spinte corrispondenti. Dondolò i fianchi per tenere il tempo con i miei, venendomi incontro, portandomi più in profondità, cavalcandomi.

Lei era tutto. Chiaro di luna. E acqua invernale. Fiocchi di neve che turbinavano in piccoli vortici all'inizio di una tempesta. Lei era bellezza, luce, oscurità e morte allo stesso tempo. Ad ogni spinta venivo battezzato nella sua energia. Quella di una divinità. La sua essenza che diventava qualcosa di irregolare e selvaggio.

Cercai di tenerla, di trattenerla. Lo inseguivo, sapendo che non l'avrei mai posseduta completamente, ma disperato di continuare a provare. Di morire provandoci.

«Kira» soffocai. Ero in uno stato di estasi religiosa. Ero in adorazione all'altare dell'amore. Dell'alchimia. Avevo bisogno che lei mi rendesse di nuovo intero. Mi reinventasse. Facendo di me qualcun altro, degno di tenerla, di tenerla per sempre.

Sembrava essere proprio lì con me. Il modo in cui mi artigliava le braccia. Le grida frenetiche che le sfuggivano dalle labbra. Come se avesse bisogno di questo più di quanto avesse bisogno del proprio respiro o del sangue.

«Sì.» gridò in inglese e poi in russo. «*Da. Da-da-da-da-da. Da!*»

Non c'era nessuna perversione in questo accoppiamento. Nessuna delicatezza. Nient'altro che un bisogno selvaggio e animalesco. Una ferale rivendicazione di corpi come se avessimo potuto strapparci il fisico e reclamare le anime l'uno dell'altro.

Le palle mi si strinsero. «Sto venendo» la avvertii, incapace di rallentarmi, incapace di pensare oltre il mio bisogno per prendermi cura del suo.

«Sì! Vieni!» mi esortò. Mi mossi dentro e fuori di lei mentre tutto il sangue scorreva sotto la mia vita. Soffocai in un respiro, e subito dopo sfrecciai oltre il limite, nell'unità. Nello spazio infinito. Quel regno fluttuante, senza corpo, selvaggio dove tutto e niente esistevano contemporaneamente.

Quando tornai sulla Terra, Kira era tra le mie braccia. Mi stavo ancora cullando dentro di lei, ma dolcemente ora, una lenta decelerazione. Una comunione. Una ninna nanna d'amore che volevo durasse per sempre. Quando finì, nessuno di noi due disse una parola.

Ci feci rotolare sul fianco, e rimanemmo lì, con i corpi intrecciati. I cuori impigliati. Le anime permanentemente impresse con l'impronta dell'altro.

CAPITOLO QUATTORDICI

Kira

Prima di coricarsi, Maykl afferrò due asciugamani e mi disse di seguirlo.

«C'è una piscina? Dove stiamo andando? Mi servono gli stivali?»

«Gli stivali sì, ma il cappotto no. C'è una vasca idromassaggio.»

Vasca idromassaggio. Mi piaceva un sacco.

Dal nostro sesso esplosivo del pomeriggio, le cose erano cambiate ancora di più tra di noi. Mi sentivo molto meno prigioniera, e molto più la sua amata amante. I pensieri di fuga attraversavano ancora la mia mente, ma ogni volta li respingevo più velocemente.

Ero sempre più concentrata a rimanere e lasciare che le cose si evolvessero con Maykl. Non sapevo ancora cosa significasse o ci fosse, ma volevo scoprirlo.

Uscimmo dall'appartamento, guidati dai due soldati fuori dalla porta. Prendemmo l'ascensore fino all'ultimo piano, poi prendemmo una breve rampa di scale fino al tetto. Faceva un freddo gelido, ma il vapore saliva in una fitta nebbia da una zona del tetto.

Maykl si fermò quando sentimmo ridere le donne.

«Chi c'è?» gridò una voce maschile.

«Maykl. Mi dispiace, non sapevo che ci fosse qualcuno.»

«Va tutto bene. Siamo vestiti. È una festa!» gridò la voce femminile in inglese con accento russo.

Maykl mi prese la mano, tirandomi più vicina al suo fianco mentre avanzavamo. Attraverso il vapore, vidi sei figure sedute in una vasca idromassaggio.

«Venite dentro. C'è molto spazio» disse una rossa. Gli occupanti erano disposti a coppie. Un uomo biondo poggiava il braccio tatuato intorno alle spalle della rossa. Kat, la giovane donna dello studio di ceramica, sedeva con un altro uomo tatuato, e una piccola donna dai capelli scuri era accoccolata contro un altro uomo biondo.

Maykl si tolse gli stivali e si spogliò fino a rimanere in costume da bagno. Io non ne avevo uno, ma non ero timida. Mi spogliai rimanendo in reggiseno e mutandine e lo seguii nella vasca. «Kira, questi sono Maxim e Sasha, Adrian e tu hai già incontrato la sua ragazza, Kat, e Nikolai e Chelle.»

Sollevai una mano in un timido saluto mentre mi immergevo nell'acqua. Maykl mi afferrò alla vita e mi tirò indietro contro di lui per sistemarmi sulle sue ginocchia.

«Mi dispiace per la perdita di tua sorella» disse Maxim, rispondendo alla domanda che mi ero fatta, se queste persone sapessero qualcosa di me. Se erano arrabbiati con me per quello che avevo fatto, non si vedeva.

Erano tutti rilassati casualmente nella vasca idromassaggio come se fossi solo una donna normale, la nuova fidanzata di Maykl, non la donna che aveva piantato cimici e inviato le loro informazioni di sicurezza all'FBI.

Ricontrollai la sua espressione, ma non sembrò sogghignare. Il suo commento mi parve genuino. Perfettamente educato. Assolutamente non in stile bratva.

«Sì, anche a me dispiace per la tua perdita» mormorò Nikolai, e l'altro uomo, Adrian, annuì.

«Odio quando tutti sanno qualcosa che io non so» si lamentò Sasha. «Ma dispiace anche a me per la tua perdita.»

«Uhm. Grazie.» Cosa si diceva in una situazione come questa? *Mi dispiace di aver cercato di fregarvi, e per favore non uccidetemi?* «Uh, grazie per avermi permesso di spargere le sue ceneri oggi.»

La posizione casuale di Maxim non cambiò. «Non l'ho deciso io.»

Ok, quindi non era il *pachan.* Sembrava sfoggiare quel tipo di autorità.

«Sei libera per concessione di Maykl e del nostro *pachan.*»

La donna dai capelli scuri di nome Chelle si irrigidì e mi lanciò uno sguardo preoccupato. Nikolai le coprì le orecchie. «Cuffie, lentiggini. Niente di cui tu debba preoccuparti.»

«Cosa sta succedendo?» chiese Sasha.

Le dita di Maykl si posarono sulla mia pancia. Sembrava possessivo ma anche protettivo. Come se mi stesse facendo sapere che eravamo una cosa sola.

«Niente, zuccherino. È tutto sotto controllo. Sei al sicuro» le disse Maxim.

Sasha inclinò la testa. «Non sono al sicuro?»

«Sei al sicuro» ripeté con fermezza.

A me, disse: «Tuo nipote e la sua nuova famiglia voleranno qui per incontrarti domani.»

Aprii le labbra in sorpresa. *La sua nuova famiglia.* Wow. Maykl aveva cercato di avvertirmi, ma non l'avevo ancora digerita.

«Voleranno da dove?»

Maxim scosse la testa. «Saprai tutto quando sarà il momento.»

Alzai lo sguardo per studiare Maykl. Mi diede un bacio sulla fronte e mi rilassai.

Non poteva essere orribile, qualunque cosa avessero pianificato per me. Non sembrava sbagliato. Nessuna di queste persone sembrava particolarmente minacciosa, anche se sapevo che tutti e tre gli uomini facevano parte della bratva. Dovevano essere pericolosi criminali. Eppure, vederli con le donne che ovviamente adoravano li rendeva completamente diversi.

Normali, quasi.

Qualunque fosse la normalità.

Certamente io non lo ero.

Sembravano tutti molto umani. Le donne non erano drogate o puttane. Sembravano donne belle e intelligenti, innamorate dei partner che avevano scelto.

E Mika stava volando qui per incontrarmi.

Avrebbe potuto essere una bugia o una manipolazione, ma non sembrava così.

«Kira ha detto che le piacerebbe imparare a fare i vasi» disse Maykl.

«Per lanciarteli» mormorò Nikolai.

Maxim sorrise. Uno scherzo. Questi uomini scherzavano tra loro. Kat mi sorrise.

«Dovresti. Posso insegnarti. Vuoi scendere allo studio domani?»

«Mi piacerebbe.» Le risposi immediatamente, anche se Maykl aveva detto che era qualcosa che avrei dovuto guadagnarmi. Lo stavo sfidando a contraddirmi. Non lo fece.

Mi tracciò il ginocchio nell'acqua con le dita.

«Sarò in studio a mezzogiorno se vuoi raggiungermi.»

Ora guardai verso Maykl. Perché la verità era che non potevo andare da nessuna parte a meno che lui non me lo permettesse. C'erano ancora due guardie in piedi dietro la porta del tetto per assicurarsi che non scappassi.

«Verrà» disse.

Scie di calore scivolarono e si intrecciarono dentro di me, tessendo un disegno intorno al mio cuore. Improvvisamente, lo sforzo di mantenere alti i muri di odio che avevo eretto contro la bratva richiedeva più energia che lasciare semplicemente che si schiantassero e sgretolassero.

Non volevo stare in guardia. Volevo lasciarmi andare e fidarmi. Quelle persone mi facevano sentire come se fosse possibile.

Logicamente, sapevo che erano molto pericolosi. Che la mia vita era nelle loro mani. Eppure, sentivo anche che se solo mi fossi fidata di loro, tutto sarebbe andato per il verso giusto. Quelle persone sembravano felici. Le loro relazioni parevano sane, amorevoli e piene di rispetto. Immaginavo di volere quello che avevano loro. Di voler far parte di tutto ciò che stava accadendo in questa organizzazione.

«Mi dispiace per il problema che ho causato.» Cercai lo sguardo di Maxim poiché sembrava essere il leader tra loro. «Spero... sia stato contenuto.»

Maxim mi studiò per un momento, poi fece un solo cenno del capo. «Lo gestiremo.»

Maykl mi strinse l'anca. Non chiesi se mi avessero perdonata o cosa mi sarebbe successo. Ero contenta di poter superare quella cosa. Con Maykl e i suoi fratelli.

CAPITOLO QUINDICI

Maykl

Lasciai due soldati alla porta dello studio di ceramica dopo aver accompagnato Kira lì e poi andai a una riunione nel seminterrato. Era lì qui che si svolgevano gli affari della bratva. Nessuno, tranne i membri della confraternita, aveva accesso al piano sotto il garage. Gli altri non sapevano nemmeno che esistesse. Eravamo seduti a ferro di cavallo intorno a Ravil e Maxim per il briefing. C'erano Dima e anche Pavel, un altro fratello che si era trasferito a Los Angeles per stare con la sua ragazza. Entrambi dovevano essere stati convocati a Chicago per la resa dei conti.

Ravil si rivolse a noi. «Questa notte, un ramo della bratva di Mosca tenterà di infiltrarsi nell'edificio per ucciderci tutti e prendere Sasha viva. Tutti i civili, comprese le nostre donne e i nostri bambini, saranno evacuati dall'edificio questo pomeriggio per la loro sicurezza e portati in un luogo segreto. Prenderemo i loro telefoni e dispositivi elettronici per evitare dispersioni involontarie della loro posizione. Ho chiesto assistenza agli italiani – la famiglia Tacone – per provvedere alla loro sicurezza nel luogo in cui saranno nascosti, e hanno accettato. Questo gruppo, me compreso, rimarrà di stanza qui per abbattere la cellula di Mosca quando arriverà. Indossate i giubbotti antiproiettile. Voglio che silenziate le pistole e mi aspetto che spariate per uccidere. Dima ha violato tutti i loro telefoni, quindi siamo a conoscenza delle loro conversazioni e dei loro piani, ma anche così, aspettatevi delle sorprese» Ravil studiò il gruppo. «Qualche domanda?»

Il gruppo era cupo, ma gli uomini presenti raddrizzarono le spalle e sfoderarono le loro espressioni da battaglia.

«Maxim vi darà le vostre posizioni. Vi voglio in postazione entro le sei del pomeriggio. Capito?»

Annuimmo tutti.

«Potete andare. Andate a parlare con Maxim. Maykl, una parola.»

Mi fermai mentre il resto dei soldati si dirigeva verso la porta dove Maxim diede loro gli ordini. Solo la cerchia ristretta di Ravil rimase dove si trovava: Oleg, Pavel, Dima, Nikolai e Adrian.

Ravil si rivolse a me senza preambolo. «Cosa sa Kira?»

Scossi la testa. «Niente di niente. Crede ancora di aver aiutato l'FBI. Ieri sera, ha espresso rimorso per le sue azioni.»

«L'ho saputo.» L'espressione di Ravil era impossibile da interpretare. «Tienila qui stasera. Rimarrà al tuo fianco. È coinvolta.»

Mi irrigidii, perché non mi piaceva quell'idea, ma anche perché non potevo discutere con il mio *pachan*. Come se mi leggesse nella mente, disse: «Fa parte della *politsiya*. È abituata al pericolo.»

«A cosa serve tenerla nella mischia?» dovetti chiedere.

«Ho bisogno di vedere da che parte pende veramente la sua lealtà. Non può rimanere qui dopo stasera se non ne sono sicuro.»

Mi sentii come se Ravil mi avesse afferrato la trachea e mi

stesse soffocando fino alla morte, ma era solo per il pensiero che Kira non rimanesse oltre stasera. Avrei dato qualsiasi cosa per far sì che non fosse così. Per assicurarmi di tenerla per sempre.

Ma questo era il suo test. Lo capivo. Potevo detestarlo di brutto, ma lo capivo.

«Sì, *pachan.*»

Inclinò la testa verso la porta. «Vai a farti dare la tua posizione da Maxim.»

* * *

Kira

STAVA SUCCEDENDO QUALCOSA.

Avevo avuto una giornata perfetta, iniziata con del sesso strabiliante, seguita da una lezione di ceramica e finita poi preparando una cena a base di bistecca con Maykl nella sua cucina. Durante la cena, mi aveva detto che Mika e la sua famiglia erano arrivati e stavano facendo il check-in al Waldorf Astoria.

Ora, però, continuava a guardare fuori dalla finestra la strada sottostante come un soldato in attesa di guai.

«Cosa sta succedendo?» gli chiesi. «L'FBI verrà stasera?»

Non rispose. Ma si avvicinò al suo armadio e tornò con due giubbotti antiproiettile.

«Mettilo.» Me ne porse uno.

«Maykl, cosa sta succedendo?»

«Stanno arrivando.» Si infilò il giubbotto sopra la camicia e lo allacciò in posizione, quindi si infilò una ricetrasmittente nell'orecchio.

Fissai il giubbotto che mi aveva dato, il senso di colpa mi salì in gola. L'avevo causato io tutto questo. C'erano molte persone innocenti nell'edificio che avrebbero potuto essere ferite. Cercai di restituirglielo. «Qualcun altro dovrebbe indossarlo. Datelo a uno dei civili.»

Scosse la testa mentre avvitava un silenziatore alla pistola e poi la infilava in una fondina al fianco.

«Sono al sicuro. Mettilo, Kira. Ho bisogno di sapere che sei al sicuro.»

Lo stomaco mi precipitò fino ai piedi. Avevo causato io tutta questa faccenda, e tutto ciò di cui era preoccupato era la mia sicurezza. Lo abbracciai forte.

Mi tenne ferocemente poi mi rilasciò bruscamente. «Mettilo. Dobbiamo andarcene presto.» Feci scivolare le braccia dentro il pesante giubbotto e lo allacciai.

«Dove stiamo andando?»

Maykl infilò la sua arma e le munizioni in una fondina, poi mi aggiustò il giubbotto, stringendolo. «Al garage. È lì che ci aspettiamo l'infrazione.»

«Infrazione?» Lanciò uno sguardo nella mia direzione e improvvisamente sospettai che non fosse stato onesto con me. Strinsi gli occhi. «Non dovrebbero entrare dalla porta principale con un mandato?» Non conoscevo molto bene le leggi americane, ma avevo visto i loro film. «Vieni.» La voce di Maykl ora era secca. Era preso dalla situazione. Aprì la porta e puntò la testa verso il corridoio.

«Cosa sta succedendo, Maykl?» Seguii i suoi passi veloci lungo il corridoio. Invece di prendere l'ascensore, imboccammo la tromba delle scale fino al piano seminterrato ma non uscimmo.

Maykl aprì la porta, annuì a qualcuno e la chiuse di nuovo. «Siediti.» Indicò le scale.

Non mi mossi.

Appoggiò una spalla al muro, posizionandosi in modo da poter vedere attraverso la stretta fessura della porta in acciaio armato. «Maykl e Kira in posizione.» Parlò alla trasmittente. «Credi davvero di aiutare l'FBI, Kira?» Non mi guardò mentre parlava, continuò a guardare attraverso la fessura.

Mi bloccai alla sua domanda, mentre la pelle mi si gelava.

Bliad. Che cosa avevo fatto? Rividi rapidamente i fatti. Non avevo mai parlato con nessuna agenzia americana. Tutte le informazioni erano state inviate direttamente a Stepanov, che avrebbe potuto facilmente... Ugh. La realizzazione mi colpì come un pugno allo stomaco.

Certo, era nelle fila della bratva. Perché non avrebbe dovuto esserlo? La metà delle forze della polizia a Mosca lo era.

Gospodi, come ero stata fregata!

«Chi aspettate, Maykl?» sussurrai, anche se lo sapevo già.

«La bratva di Mosca.»

Le lacrime mi riempirono gli occhi. «Cosa vogliono?»

«Uccidere tutti e prendere Sasha. È l'ereditiera del precedente *pachan* a Mosca. La proprietaria di pozzi petroliferi che valgono molti milioni.»

Affondai sui gradini e seppellii la faccia tra le mani. «Mi dispiace tanto.» La mia voce era intasata dal senso di colpa.

Maykl mi guardò per la prima volta da quando avevamo iniziato la conversazione. «Hai fatto quello che pensavi di dover fare per trovare tuo nipote.»

Mi uscirono le lacrime. «Come puoi essere così indulgente? Ti ho portato a una guerra. Della gente morirà stanotte, ed è tutta colpa mia.»

Maykl alzò un dito, ascoltando la sua ricetrasmittente. «Ricevuto.»

A me, disse a bassa voce: «Sono qui. Infrazione simultanea della porta d'ingresso e del garage.»

Prese la pistola dalla fondina e tolse la sicura.

«Andiamo.» Girò silenziosamente la maniglia della porta e si accovacciò mentre usciva. Seguii l'esempio, rimanendo dietro di lui, imitando le sue mosse. Mi assicurai che la porta si chiudesse senza fare rumore. Ci insinuammo dietro una delle auto nel garage e aspettammo. Pochi istanti dopo, otto figure entrarono nel parcheggio sotterraneo. Non erano vestiti di nero. Non erano furtivi. Si pavoneggiavano come se fossero i proprietari di quel posto. Si divisero, quattro uomini si spostarono a destra, quattro a sinistra. Quando ognuno di loro salì su una macchina, aggrottai le sopracciglia e guardai Maykl. Uno di loro si rivolse verso il soffitto e improvvisamente capii. «Esplosivi» dissi, poi simulai lo scoppio di una bomba con le mani. Gli occhi di Maykl brillarono, e alzò la testa, puntò la pistola e sparò tre volte.

«Hanno degli esplosivi» gridò nella sua unità di comunicazione tra il secondo e il terzo colpo.

Tre uomini caddero.

Qualcun altro sparò dall'angolo opposto del garage. Un altro colpo silenziato, quindi da uno dei membri della bratva di Chicago, senza dubbio. I restanti cinque intrusi gridarono l'un l'altro e si lanciarono dalle auto, accovacciandosi fuori dalla vista.

E poi il garage divenne silenzioso.

Dio, avrei voluto avere un'arma anch'io.

Beh, fanculo. Sapevo come procurarmene una. Mi infilai dietro le macchine, appoggiandomi al muro di cemento.

Maykl mi raggiunse, cercando di afferrarmi il braccio, ma ero già troppo lontana. Mi mossi velocemente verso il corpo caduto più vicino. Un proiettile suonò vicino a me, sparato da una pistola silenziata. Fuoco amico. Sentii Maykl abbaiare qualcosa di arrabbiato e urgente. Continuai a muovermi.

Mi stavo avvicinando.

Sentii il rumore leggero di scarpe sul cemento. Il raspare di un respiro vicino.

Trovai il corpo e lo perquisii rapidamente in cerca di una pistola. Mentre lo facevo, spararono verso di me. Tirai su la pistola e risposi al fuoco, correndo a nascondermi dietro un'altra macchina. Maykl sparò dalla sua posizione per coprirmi.

Quelle pistole erano rumorose. Speravo che non avrebbero attirato l'attenzione della polizia locale.

Seguirono altri spari, e vidi due tizi che scappavano in strada.

Imprecai respirando affannata, e mi mossi per proseguire quando qualcuno mi sparò.

Mi abbassai e puntai la pistola oltre la macchina, regolando lo specchietto retrovisore dell'auto per vedere di più dell'ambiente circostante.

Scorsi una figura accovacciata dietro alla macchina successiva. Muovendomi il più furtivamente possibile, mi avvicinai al veicolo e alzai la pistola, puntandola.

«Non ti muovere» abbaiai in russo. Maykl poteva essere a suo agio a sparare per uccidere, ma il modo in cui avevo fatto mie le procedure di polizia prevaleva su quell'istinto in me. «Kira.»

Era Stepanov. Cazzo.

Avrei dovuto spargli subito perché ora che lo avevo guardato negli occhi, era diventato impossibile premere il grilletto. Era il mio capo. O lo era stato.

Tuttavia, non abbassai la pistola. Mi aveva usata. Mi aveva mentito. Probabilmente non aveva mai pianificato di aiutarmi a trovare Mika.

Corrucciò la fronte. «Kira?»

«Dov'è l'FBI, Stepanov?» chiesi.

«Kira!» Maykl corse verso di me, con la pistola puntata contro Stepanov. Anche un altro uomo uscì dall'ombra: Nikolai. «Togliti di mezzo, ho l'ordine di uccidere.»

In quel momento, la mia attenzione si spostò su Maykl, Stepanov si alzò in piedi, mi strappò la pistola e mi afferrò, puntandomi la pistola alla testa.

«Non muoverti o muore.»

Mi avvolse l'avambraccio intorno al collo e mi tirò, trascinandomi all'indietro.

«No!» Maykl smise immediatamente di avanzare. Mise entrambe le mani in aria. Nikolai avanzò lentamente, con la pistola ancora puntata.

«Mettete giù le pistole» gridò Stepanov.

Considerai la possibilità di lottare. Ma sapevo troppo bene quanto velocemente sarebbe finita la mia vita se fosse scattato quel grilletto.

«È d'accordo con lui» ringhiò Nikolai.

«No.» Cercai lo sguardo di Maykl. «Non è così, giuro. Mi dispiace di non averlo ucciso. Avrei dovuto.»

«Ah, ora capisco.» Stepanov sembrò felice. «Questo è l'uomo che hai sedotto? Maykl…?» Mi stava trascinando all'indietro mentre parlava. «Ho fatto una piccola ricerca sul tuo amante, Kira. Ho scoperto qualcosa che potrebbe interessarti.»

Vidi lo sguardo di sgomento negli occhi di Maykl.

«No. Lasciala andare!» gridò in russo. «Sto mettendo giù la pistola, vedi?» Abbassò lentamente le mani e si chinò per mettere la pistola sul pavimento di cemento. «Mettila giù!» urlò a Nikolai, che lentamente fece lo stesso.

«Non vuole che te lo dica. Vedi?»

Stepanov stava gongolando. Mi si accapponò la pelle. Non capivo cosa avrebbe potuto dirmi Stepanov.

«Vuoi sapere chi ha ucciso tuo padre, Kira? Voglio dire, quale uomo ha effettivamente premuto il grilletto?»

No.

Il sangue mi si gelò nelle vene.

No no no no no.

«Cosa?» Mi scorreva un fiume in piena tra le orecchie. Le tempie mi palpitavano come se un rompighiaccio le avesse pugnalate da entrambe le parti. Riuscivo a malapena a vedere. Stepanov continuava a trascinarci entrambi all'indietro.

«È ... Non è vero, vero?»

Cercai lo sguardo di Maykl, ma tutto ciò che vidi turbinare lì fu senso di colpa. Rimpianto. «Maykl?»

«Kira, mi dispiace.»

«Tu lo sapevi?» Praticamente piansi le parole. Stepanov ora mi aveva riportato all'imbocco del garage, al livello della strada. «Per tutto questo tempo? Sapevi di aver ucciso mio padre?» «Mi dispiace. Kira: ha venduto tua sorella. Ha cercato di vendere anche te nel momento in cui stava implorando per la sua vita.»

Stepanov spostò la pistola dalla mia testa e sparò a Maykl, colpendolo in mezzo al petto. Maykl cadde all'indietro, sulla schiena. Sapendo che indossava il giubbotto antiproiettile e probabilmente era sopravvissuto allo sparo, sbattei il gomito nelle costole di Stepanov, gli afferrai il polso e feci oscillare la pistola in aria prima che potesse sparare a Nikolai.

Nikolai prese la pistola dal pavimento e la puntò contro Stepanov, ma in quel momento, un'auto stridette fino al marciapiede e spalancarono uno sportello. Stepanov si gettò dentro, e l'auto sfrecciò via mentre lui sbatteva la portiera.

Nikolai sollevò la pistola per la frustrazione, poi si girò per offrire una mano per aiutare un Maykl senza fiato a rimettersi in piedi.

Per un attimo non riuscii a muovermi, i miei piedi erano incollati al cemento. Stavo ancora cercando di assimilare tutto.

Maykl aveva ucciso mio padre. E lo aveva saputo per tutto questo tempo. Mi si capovolse lo stomaco, sentii improvvisamente il bisogno di vomitare.

«Kira» gracchiò Maykl.

Scossi la testa. «Non farlo» lo avvertii, ma lui continuò.

«Volevo dirtelo. Davvero. Ci ho provato, ti ricordi?»

Ma non volevo sentirlo. Non potevo. Maykl si mosse verso di me, ma riuscivo a malapena a vederlo, i miei occhi erano troppo offuscati dalle lacrime. Non potevo sopportare nulla di tutto questo. Avrei dovuto sapere che la felicità non era prevista per me. Immaginare che il destino mi avrebbe consegnato alla porta dell'assassino di mio padre. Dio – se credevo che ce ne fosse uno – doveva essere un vero e proprio scherzo alle mie spalle.

«Non farlo!» Piansi, tenendo il palmo della mano in alto, come per allontanarlo. «Resta indietro.»

Si fermò. Allargò le mani. «Kira, per favore.»

Le lacrime mi scendevano sulle guance. «No, Maykl. Proprio... No. Non posso. Io... devo andare.»

Mi girai e corsi in strada. Non sapevo nemmeno dove stavo andando o cosa avrei fatto. Non avevo nessuna delle mie cose con me. Niente soldi o passaporto. Tutto quello che riuscivo a pensare era che avevo bisogno di allontanarmi da Maykl.

«Kira, aspetta! Kira!» Maykl mi chiamò, ma io corsi veloce e forte, scivolando sui marciapiedi ghiacciati e poi riprendendo il passo, facendo tutto il possibile per scappare.

CAPITOLO SEDICI

Maykl

Nikolai mi afferrò il braccio. «Lasciala andare.»

Me lo scrollai di dosso, anche se il movimento mi fece male alle costole contuse. «Kira!» Corsi in strada in tempo per vedere Kira correre via verso il lago. Io le andai dietro, ma Nikolai mi chiamò. «Rispetta i suoi desideri. Dalle spazio.»

Questo mi fece fermare. Non volevo mancarle di rispetto. Lo avevo già fatto troppo, a cominciare dal non averle detto che avevo ucciso suo padre.

Bliad.

Mi distrusse fermarmi e guardarla andare, però. Mi fece assolutamente a pezzi.

«Vieni. Dobbiamo controllare le bombe» mi ricordò Nikolai.

Doppio cazzo.

Aveva ragione. Stavano piazzando bombe per far crollare tutto il nostro edificio. Rabbrividii al pensiero di cosa sarebbe successo se non avessimo saputo che stavano arrivando. Ma no, li avremmo comunque beccati. Erano goffi e disorganizzati e avevano troppo pochi uomini per abbatterci.

Dima stava già esaminando una delle bombe. «Non era ancora armata» riferì.

Nikolai andò verso l'altra, e io presi con cura la terza da portare a Dima per l'ispezione, dal momento che gli esplosivi non erano la mia area di competenza. Senti parlare nel dispositivo. Sembrava che la squadra che era entrata al piano di sopra fosse stata rapidamente eliminata, così come la squadra che aveva tentato di violare il sistema di ventilazione per pompare gas avvelenato.

Kuznets non era tra nessuno degli uomini uccisi. Nikolai riferì che tre uomini erano scappati, tra cui Stepanov. Evitò di dire che anche Kira che se ne era andata. Non sapevo se fosse ancora considerata nostra prigioniera, ma non importava. Aveva dimostrato la sua lealtà per quanto mi riguardava. Aveva disarmato Stepanov prima che sparasse a Nikolai. E se Ravil avesse voluto tagliarmi la gola per averla lasciata andare, gliel'avrei offerta.

A questo punto, avrei quasi preferito quel destino alla terribile sensazione di lacerazione che sentivo nel petto. Alla sensazione di avere il cuore che mi usciva dal petto, trascinato via da una catena.

E non era a causa del proiettile che mi aveva ferito le costole. Attacco di cuore non descriveva minimamente la desolazione che si era abbattuta su di me.

Camminai lungo il garage e su per le scale. Passai al primo piano dove sarei dovuto andare a fare rapporto a Ravil. Continuai a camminare passo dopo passo. Superando anche il mio piano. Passando quello successivo e quello dopo ancora. Salii tutte le quaranta rampe di scale fino a quando arrivai sul tetto. Solo quando fui lì mi resi conto del perché ci ero andato.

Andai alla ringhiera e mi sporsi per guardare oltre il bordo.

Stavo cercando Kira.

Cercando di capire dove poteva essere andata.

Non aveva la giacca. Niente soldi. Niente passaporto. Sarebbe dovuta tornare.

Solo che sapevo, non appena lo pensai, che non lo avrebbe fatto.

Kira era una guerriera. Era testarda e forte.

Non sarebbe tornata a prendere le sue cose.

No, l'unico modo in cui sarebbe tornata era con l'FBI o la polizia per arrestarmi per rapimento e omicidio.

Scrutai i marciapiedi sottostanti, seguii la riva del lago alla ricerca della sua figura snella o dei capelli biondi pallidi, ma ovviamente era buio. Non riuscivo a distinguere nessuno laggiù. Maledizione.

«Dove cazzo è Maykl?» Sentii Ravil dal dispositivo.

«Arrivo.» Mi mossi verso la porta.

«Nel seminterrato» mi istruì Ravil. «Dov'è la ragazza?»

«L'ho lasciata andare.» Un senso di pesantezza impregnò le parole. Come se avessi appena gettato un'ancora nelle profondità del mare consapevole che non sarei mai più stato in grado di muovermi da quel punto della mia vita.

Ravil avrebbe potuto uccidermi per questo. Cazzo. Avrebbe potuto uccidere Kira. E non potevo permetterlo. Corsi nell'ascensore per scendere giù al primo piano.

Ma poi parlò Nikolai.

«Kira potrebbe non essere un problema. È scappata perché il suo capo ha sganciato la bomba che Maykl ha premuto il grilletto su suo padre.»

Ravil imprecò. «È vero?»

«Sì, *pachan.*»

«E tu lo sapevi?»

L'ascensore sembrò precipitare. «Ho provato a dirglielo. Volevo farlo. Ma non volevo nemmeno rovinare le cose.»

«È a me che avresti dovuto dirlo» ringhiò Ravil.

Mi infilai le dita tra i capelli. «Lo so. Immagino che sperassi...che non sarebbe venuto fuori. Era la mia uccisione di iniziazione. Avevo tredici anni.» Poi mi accasciai contro una parete dell'ascensore, sbattendoci di proposito la testa solo per sentire qualcosa di diverso dall'angoscia che mi soffocava. «Non avrei mai potuto pensare che il destino mi avrebbe portato l'unica donna che mi vuole morto.»

Le porte dell'ascensore si aprirono e io uscii sulla scena. I membri della bratva stavano lavorando rapidamente per spostare i corpi insanguinati sui carrelli della biancheria per portarli fuori dall'uscita d'ingresso segreta. L'uscita che avevamo usato per far uscire tutti gli occupanti in sicurezza nel pomeriggio. Adrian mi guardò mentre trascinava un corpo fuori dall'altro ascensore.

Benissimo.

L'intera cerchia ristretta era stata messa a conoscenza delle mie cazzate tramite le ricetrasmittenti.

«Forse il destino l'ha portata da te perché sistemaste le cose.»

Ricordai che Adrian aveva rapito Kateryna perché suo padre era responsabile della riduzione in schiavitù di sua sorella, Nadja. Quella che era iniziata come una missione di vendetta si era trasformata in amore.

Ma questa situazione era diversa.

Non era stata Kat ad aver fatto del male ad Adrian, era stato suo padre.

Io avevo portato via il padre a Kira, e non c'era niente che potessi dire o fare per rimediare. Mi tirai via la trasmittente dall'orecchio.

«Allora cosa è successo?» chiese Ravil. Lui e Maxim stavano dando ordini insieme.

Non avevo l'energia per spiegare. Nemmeno sapendo che Ravil avrebbe potuto punirmi o uccidermi.

Nikolai mi si avvicinò e raccontò loro l'intera scena.

«Quindi abbiamo Kuznets, Stepanov e due soldati ancora in libertà» disse Maxim.

«*Semmai* Kuznets fosse venuto. Potrebbe aver semplicemente mandato Stepanov a fare il lavoro sporco. Per poi dire di non saperne nulla» disse Ravil.

«I telefoni che ho hackerato sono stati buttati» riferì Dima.

Ravil imprecò. «Pensiamo che Kira si metterà in contatto con loro?»

Scossi la testa. «No. Era dalla nostra parte prima...»

«La sua motivazione è il nipote» ci ricordò Maxim, e una vena di sollievo mi attraversò quando mi resi conto di sapere esattamente dove si trovava in quel momento.

«Le ho detto dove alloggiavano» dissi.

«Ecco dove sarà andata» Ravil tirò fuori il suo telefono.

Dovevo essere intenzionato a morire, perché cercai di prenderlo. Maxim mi spinse indietro. «Lasciala andare» dissi burbero. «Non è una minaccia.»

«Sta a noi valutare» mi ricordò Maxim.

«Offritele aiuto, allora» supplicai. «Non ha niente con sé, né telefono, né soldi, né passaporto. Se non vogliamo che chiami Stepanov per essere aiutata, dobbiamo intervenire.»

«Oh, ma io invece voglio proprio che chiami Stepanov per un aiuto.» Ravil portò il telefono all'orecchio. «Altrimenti come posso uccidere quel *mudak*?»

«Vai a prendere le sue cose» disse Maxim. «Gliele consegneremo all'hotel.»

«Dopo che Dima avrà installato i tracker» disse Ravil.

«Lei non andrà da lui.»

Non sapevo se fosse vero, o se semplicemente volevo che lo fosse.

Sarebbe potuta andare direttamente dal suo capo, considerando quello che pensava di me. Maxim indicò l'ascensore. «Muoviti, Maykl.»

Io non lo feci, però. Avevo difficoltà a ricordare come stare in piedi. Come mantenere il mio cuore in movimento. Come respirare. Niente mi sembrava più naturale ora che Kira era persa.

Dima venne al mio fianco e mi prese il braccio. «Dai. Vengo con te a mettere i tracker.»

* * *

Kira

Non mi rendevo conto di quanto facesse freddo. Il calore del tradimento mi spingeva in avanti, lungo il lago, un piede davanti all'altro. Non potevo credere che Maykl avesse ucciso mio padre. Ogni momento orribile della mia vita era stato causato dalla bratva. E nel momento in cui cominciavo a pensare di poterlo superare, che avrei potuto davvero essere in grado di perdonare e andare avanti, scoprivo che l'uomo di cui mi stavo innamorando aveva ucciso mio padre.

Era semplicemente... troppo da digerire.

Non riuscivo nemmeno a metabolizzare le informazioni. Ecco perché ero scappata. Onestamente, non volevo metabolizzarlo. Non volevo pensarci mai più. Volevo solo allontanarmi da tutto ciò che aveva a che fare con la bratva.

Alla fine, però, mi fermai e mi girai. Avevo percorso almeno tre chilometri. Non sapevo dove andare. Cosa fare. Mi trovavo di fronte al lago, attratta da esso. Camminai lungo la spiaggia di sabbia fino alla riva. Le lacrime si congelavano sulle guance. Le dita erano intorpidite come ghiaccioli.

Mi resi conto del perché fossi lì. Perché Anya era là fuori. La sua essenza si cullava in quell'acqua.

«Tu cosa faresti?» sussurrai poi me ne pentii all'istante.

Sapevo cosa avrebbe fatto Anya. Si sarebbe sballata per intorpidire il dolore.

Fu allora che mi ricordai di Mika.

Che era arrivato per vedermi. In un hotel da qualche parte.

Bliad, non avevo soldi o un telefono, non potevo nemmeno prendere un autobus per andare da qualche parte. Tornai sul marciapiede.

«Scusate...» fermai una coppia per strada.

La donna mi lanciò uno sguardo spaventato. Sicuramente avevo un aspetto strano con il giubbotto antiproiettile, senza giacca. Le guance probabilmente erano rosa brillante, screpolate dal vento.

«Sapete dove si trovi l'hotel Waldorf Astoria?»

Il volto della donna si illuminò. Indicò dietro di lei. «È all'angolo, proprio lì. Alla fine di questo isolato, vedi il cartello?»

Era la prima volta che qualcosa andava bene per me dall'inizio del viaggio. «Sì, grazie.»

Spinsi via il dolore che mi strappava il cuore per la mia consapevolezza e mi concentrai solo su Mika.

Avevo visto la sua foto. Sapevo che era vivo. Sempre che il fatto che si trovava qui non era una bugia. Il portiere mi tenne la porta aperta, e l'aria calda mi scosse la pelle congelata.

Le luci mi abbagliarono.

Era tardi, quindi non c'era quasi nessuno in giro. Non sapevo nemmeno di chi chiedere alla reception. Avrei potuto provare con il nome di Mika, ma dubitavo che avrebbe funzionato. Ma poi un uomo si alzò dal bar e venne verso di me. Non lo conoscevo, ma doveva essere della bratva: vedevo i tatuaggi che si insinuavano oltre il colletto della costosa camicia.

Inoltre, stava portando la mia borsa e la mia valigia. Mi trovavo in mezzo alla bella hall, tremante. Aspettando che venisse da me.

«Kira?»

Annuii.

«Gli somigli.» Inclinò la testa. «E somigli a lei.»

Quindi conosceva Anya. Le lacrime mi riempirono gli occhi. «Tu sei...»

L'uomo mi tese la mano. «Mi chiamo Vlad. Sono il padre adottivo di Mika.»

«Oh.» Le lacrime mi scesero lungo le guance.

Mi porse la valigia e la borsa. «Maykl ti ha portato le tue cose. E voleva che ti dessi questo.» Prese una busta spessa dall'interno della tasca della giacca e me la porse. Il lembo era aperto, e dentro vidi una pila di banconote da cento dollari. «Per le tue spese alberghiere.» «Dov'è...»

«Puoi vedere Mika domani mattina. Facciamo il check-in.» Mi prese di nuovo la valigia.

Quell'uomo era incredibilmente gentile. Un altro uomo della bratva che non si adattava all'immagine che avevo nella mente. E Maykl mi aveva portato le mie cose...

Riuscii a malapena a non cadere in ginocchio e piangere come una bambina. In qualche modo, seguii Vlad alla reception e fornii il mio passaporto e una carta di credito per fare il check-in. Vlad mi portò la valigia all'ascensore e ci entrò con me. Raccolsi i miei pensieri.

«Cosa è successo ad Anya qui? Perché Mika è con te?»

Le labbra di Vlad si assottigliarono in una linea. «Anya ha abbandonato Mika con noi non molto tempo dopo essersi trasferita qui.» Inclinò la testa. «Aveva una brutta dipendenza dalla droga.»

La vecchia me gli avrebbe risposto che era colpa della bratva, ma non avevo più alcun conflitto dentro di me. Non c'era più niente di bianco o nero. Buono o cattivo.

L'ascensore si fermò al mio piano e uscimmo. Vlad continuò. «Onestamente, ho sempre considerato Mika come un problema di Aleksei dal momento che era stato lui a portarli via con noi. Ma...» sospirò. «Sono stato richiamato in Russia per questioni personali, e mentre ero via, gli uomini nella mia cellula – incluso Aleksei – sono stati massacrati dalla mafia italiana. Quando sono tornato, ho scoperto che Mika viveva da solo nella nostra casa da settimane. Aveva rubato cibo e portafogli in strada per tirare avanti. L'ho riportato in Russia, ma non ha voluto contattare la sua famiglia. Una volta è andato a guardare sua nonna dalla finestra, ma ha deciso di non mettersi in contatto con lei.»

Le lacrime scesero dai miei occhi. «Sì... Mia madre non era granché con lui. Non lo era con nessuno. Lo capisco.»

«È rimasto con me a Volgograd, e dopo che mi sono trasferito a Las Vegas per sposarmi, io e mia moglie lo abbiamo adottato legalmente. Mia moglie è un'insegnante. Lei gli ha fatto da tutor, e ora è al liceo. Ha tutti dieci. È un ragazzo molto intelligente.» Vlad lo disse con orgoglio e altre lacrime mi solcarono le guance.

«Non è interessato allo sport, ma è forte. Fa pugilato in palestra.» Vlad fece spallucce. «Sono cresciuto con la violenza.» Lo disse in modo concreto.

Ancora una volta, non riuscii a trovare in me il motivo di inveire contro quella violenza. Non quando sembrava che Mika avesse trovato persone che lo amavano e si prendevano cura di lui.

Ci fermammo davanti alla mia porta. «Grazie» dissi. «Io... Non vedo l'ora di vederlo domattina.»

«Siamo nella suite 399. Vieni alle dieci.»

Mi bloccai, chiedendomi, all'improvviso, se fosse sicuro per me. Ma in effetti, se la cellula di Maykl mi avesse voluta indietro, mi avrebbe recuperata al piano di sotto.

«Non è una trappola» disse Vlad come se mi stesse

leggendo nel pensiero. «Ma se sai dove trovare il tuo capo, ci sono alcune persone che lo vogliono morto.» Non aspettò la mia risposta, si limitò a camminare con i suoi pantaloni sartoriali e le scarpe lucide, con un'andatura aggraziata e letale, come un leone nella sua giungla.

Aprii la porta della camera d'hotel ed entrai. La pelle mi bruciava per il freddo. Mi faceva male la testa. Ero prosciugata dal tanto pianto. Avrei dovuto fare una doccia, ma non riuscii a sforzarmi. Invece, caddi a faccia in giù sul letto e non mi mossi fino al mattino.

* * *

Maykl

Rimasi fuori dal mio appartamento, seduto al piano di sotto, nella reception, tutta la notte. Non stavo controllando la porta per lei.

Sapevo che non sarebbe tornata.

Soprattutto non quando le avevo portato le cose e le avevo reso facile tornare a casa. Ravil non aveva ancora dato il via libera al ritorno dei civili nell'edificio, quindi era tutto terribilmente tranquillo.

Certo, era sempre terribilmente tranquillo a quell'ora della notte.

Nella lobby c'erano alcuni fori di proiettile, ma il sangue era stato lavato via dai pavimenti e i corpi erano stati eliminati. Il mio più grande fallimento come guardiano. Non ero riuscito a tenere Kira fuori dall'edificio, né dal mio cuore. Era già fantastico che io stessi ancora respirando. Non sapevo ancora cosa Ravil potesse avere in serbo per me.

Scrissi a Kira. *So che non c'è niente che io possa fare per restituirti tuo padre. Mi dispiace per il dolore che ho causato a te e alla tua famiglia. Se mai avessi bisogno di qualcosa, te lo darò.*

Non mi aspettavo che rispondesse. Non ero così stupido

da credere che lo avrebbe fatto. Ma volevo che avesse il mio numero lo stesso. Avrei fatto quasi qualsiasi cosa per lei se me lo avesse chiesto. Anche saltare giù da una scogliera.

Dima mi aveva dato accesso all'app che usava per monitorare i suoi tracker, quindi sapevo che non si era mossa dalla sua stanza d'albergo da quando Vlad mi aveva scritto che aveva fatto il check-in.

Non dormii. Non stavo nemmeno cercando di rimanere sveglio, ma nessuna parte di me voleva chiudere gli occhi. Ogni volta che lo facevo, vedevo la faccia di Kira quando Stepanov glielo aveva detto. Il modo in cui mi aveva guardato, il dolore del mio tradimento evidente nell'orrore nei suoi occhi. Passai la notte a ripensare a ciò che avrei potuto fare diversamente. A cosa avrei potuto fare per alleviare il trauma che le avevo inflitto, ma non mi venne in mente nulla.

Quello che era fatto era fatto. Non sapevo come risolverlo.

Ma non sapevo nemmeno come andare avanti. Era stata qui solo pochi giorni, ma in quel periodo aveva lasciato un segno indelebile su di me. Ero cambiato per sempre dopo averla conosciuta. Dopo averla assaggiata. Dopo averla vista piangere.

Non sapevo come avrei potuto superare un altro giorno sapendo quanto malamente l'avevo ferita. Solo Dio sapeva che non avevo mai voluto farlo.

CAPITOLO DICIASSETTE

Anche se avevo cercato di bloccare tutti i pensieri che riguardavano Maykl, mi svegliai ripensando al momento in cui mi aveva detto di aver ucciso mio padre.

Perché mi resi conto che aveva provato a dirmelo. Mi aveva detto tutto tranne chi era l'uomo che aveva ucciso. Sapevo che non voleva farlo. Sentiva di non avere scelta. Aveva solo tredici anni, la stessa età che avevo io all'epoca. Immaginavo che, come me, probabilmente non sapeva nemmeno perché fosse successo.

Strisciai giù dal letto intrisa di dolore.

Ma il dolore non era solo per me.

Era anche per Maykl.

Era per noi.

Per la perdita di noi. Perché quello che avevamo vissuto era speciale. Notevole, persino. Non mi fidavo delle persone. Non avevo lasciato entrare neanche un uomo nel mio cuore dal giorno in cui la bratva aveva preso Anya. Avevo evitato l'intimità. Rifiutato la vicinanza, vedendola come debolezza.

Ma in qualche modo, incredibilmente, ero arrivata a

fidarmi di Maykl, l'ultimo uomo sulla Terra con cui avrei dovuto abbassare la guardia. Mi aveva catturata e tenuta prigioniera e comunque in qualche modo mi aveva fatta innamorare.

Controllai il telefono e scoprii che mi aveva inviato un messaggio. Come una pazza, tenni il telefono al petto. Non risposi, però. Ero ancora troppo malconcia a causa di tutto quello che era successo per fare qualcosa. E in quel momento, avevo bisogno di farmi la doccia e vestirmi per vedere Mika.

Il Waldorf era un bellissimo hotel, non che l'appartamento di Maykl non fosse altrettanto lussuoso. Aprii la doccia e passai sotto il getto dell'acqua, lavando via l'orrore del giorno prima.

Lampi del danno che avevo causato continuavano a frammentarsi nei miei pensieri. L'assedio al Cremlino. La sparatoria in garage. *Gospodi*, e se la bratva di Mosca fosse riuscita nel loro piano di rapire Sasha? Sarebbe stata tutta colpa mia. Come avevo potuto essere così stupida? Avevo pensato davvero di lavorare per l'FBI? Che idiota. Potevo solo attribuirlo al mio dolore e alla paura per il benessere di Mika.

Stepanov mi aveva usata. Mi aveva puntato una pistola alla testa, il bastardo!

Respinsi quei pensieri. Per prima cosa, avrei visto Mika. Poi potevo venire a capo del resto di tutta la storia.

Mi vestii e scesi nella hall per un caffè e un muffin. Avevo lo stomaco ingarbugliato e la bocca secca. A malapena mandai giù la colazione, poi andai nella suite di Vlad e bussai alla porta. Una donna americana aprì la porta con un sorriso.

«Ciao. Kira? Sono Alessia, la mamma adottiva di Mika.» Un'adorabile biondina in età prescolare le abbracciò la gamba. «Lei è nostra figlia, Lara.»

Avevano più figli. Come una vera famiglia. Per qualche ragione, il pensiero mi scaldò il cuore.

«Vieni dentro.»

Tenne la porta aperta per me, e io entrai, guardando oltre lei e la bambina per scorgere l'adolescente che si trovava dietro di lei. Era alto quasi un metro e ottanta. Era magro e allampanato come se avesse appena avuto uno scatto di crescita. Stava accanto a Vlad, imitando l'atteggiamento vigile del padre adottivo.

«Mika.»

«Ehi.»

Anche lui sembrava un americano. Un burbero, goffo, normale adolescente americano. Mi si strinse il cuore.

«Ti ricordi di me?»

Parlai in russo. Rispose in inglese.

«Sì. Più o meno. Un po'.»

Di solito non ero il tipo da abbracci, ma andai ad abbracciarlo.

Me lo restituì, goffamente.

«Mi dispiace di non essere venuta prima. Tua madre ed io – abbiamo litigato quando è venuta in America. Non volevo che se ne andasse. L'avevo pregata di lasciarti con me, ma lei non voleva sentirne parlare. E a causa della nostra discussione, ha smesso di parlarmi. Ho perso i contatti con lei. Non sapevo nulla fino a quando non sono stata contattata dal consolato la scorsa settimana.»

Mi fermai, bruscamente, e colsi lo sguardo di Vlad.

«Lo sa?»

«Che Anya è morta?» chiese Mika amaramente. «Sì.»

Mi si riempirono gli occhi di lacrime. «Mi dispiace così tanto che ti abbia lasciato. Vorrei averlo saputo, Mika. Giuro che sarei venuta a prenderti.»

Lui fece un passo indietro e io feci uno sforzo per tenere a freno le mie emozioni.

«Mi dispiace» dissi di nuovo.

«Va bene.» Era di nuovo in imbarazzo. «Non mi riporterai in Russia, però.»

«No.» Guardai Vlad e Alessia. «Ora hai una nuova famiglia. Sono così felice.»

Lara, la bambina, mi toccò la gamba per mostrarmi un libro per bambini. La scritta era in cirillico. Le sorrisi. «Parli russo?» chiesi nella mia lingua madre.

«So leggerlo» si vantò, rispondendo in russo.

Mika alzò gli occhi al cielo. «Lo ha imparato a memoria. Non legge ancora.»

Fece cenno a Lara, che gli portò il libro. Lo aprì e indicò un elefante. «Chi è?»

Oddio. Era così normale e assolutamente prezioso. Mika aveva una mamma, un papà e una sorellina, ed erano dolcissimi. Avevo pensato di dover piombare qui e salvarlo, ma qui stava fiorendo.

«Saremo qui tutta la settimana» disse Alessia. «Vengo da Chicago e metà della mia famiglia vive qui. Ho pensato che forse potremmo farti fare un giro per la città, in modo da poter passare un po' di tempo con Mika. Potremmo portare i bambini allo Shedd Aquarium questo pomeriggio» disse. «Devo solo a vedere se anche mia cognata e i suoi due figli vogliono venire.»

Scossi la testa. «Sì. Assolutamente. Mi piacerebbe.» Sbattei rapidamente le palpebre per trattenere le lacrime. Non volevo mettere Mika a disagio. «È così gentile da parte tua.»

E poi mi resi conto che non potevo. Non con lo stomaco aggrovigliato e il cuore lacerato in due. Ora che sapevo e avevo visto con i miei occhi quanto fosse felice e si fosse adattato Mika, avevo bisogno di sistemare tutto ciò che si era rotto dentro di me. A partire da Maykl e possibilmente finendo con Stepanov.

«Ci sono alcune cose di cui devo occuparmi, prima.» Vlad

annuì come se sapesse cos'era successo il giorno prima. Probabilmente era così dato che stava aspettando che mi presentassi la sera. «Posso avere il tuo numero di cellulare e contattarti non appena posso raggiungervi?»

«Assolutamente. Dammi il tuo telefono.»

Alessia aveva quel modo semplice di essere cordiale e familiare, anche se eravamo estranee.

Come erano state Sasha e Kat con me.

Non avevo avuto molti amici, maschi o femmine. Avevo passato la maggior parte della mia vita sopravvivendo alla mia situazione familiare.

Anya era stata la mia migliore amica fino a quando aveva smesso di esserlo, e non mi ero mai veramente ripresa dalla sua perdita. Le porsi il telefono, e lei salvò il suo numero e me lo restituì con un sorriso.

«Ottimo. Grazie. Io, ehm... Devo andare, ma non vedo l'ora di passare del tempo con te più tardi.»

Mika alzò la mano in un saluto imbarazzato. Feci un cenno di saluto. «Grazie a entrambi» dissi a Vlad e Alessia. «Per essere volati qui per incontrarmi. Significa tantissimo.»

«Vai» disse Vlad. «Ci rivedremo presto.»

Stavo già indietreggiando verso la porta. «Sì. Grazie.»

Praticamente corsi verso l'ascensore. Ora che avevo uno scopo, ora che avevo capito cosa andasse fatto, non potevo aspettare un altro secondo.

Presi l'ascensore per scendere al piano di sotto e il portiere mi chiamò un taxi per il breve tragitto verso il Cremlino.

Mi precipitai attraverso le porte d'ingresso, sperando di vedere Maykl dietro alla scrivania, ma non c'era. C'era una guardia di stanza armata appena dentro la porta. Dietro alla scrivania, un uomo anziano mi osservò con gli occhi socchiusi.

«Sono qui per vedere Maykl» gli dissi in russo. «Puoi dirgli che Kira è qui?»

«So chi sei.» C'era un'espressione di accusa nel suo sguardo, che mi meritavo pienamente. «Maykl è con il nostro *pachan*. A rispondere per il fatto di averti lasciata libera, senza dubbio.» Raddrizzai le spalle e sollevai il mento. «Dì al tuo *pachan* che sono qui per arrendermi. Voglio aiutarlo a prendere Stepanov. Avrei dovuto ucciderlo ieri.»

Il vecchio prese il cellulare e mandò un messaggio. Un attimo dopo, fece cenno alla guardia vicino alla porta. «Portatela da Ravil.»

Seguii la guardia nell'ascensore fino all'ultimo piano, dove mi aspettava un uomo gigante. Non parlò, ma mi fece cenno di seguirlo in una splendida suite attico e lungo un corridoio fino a un ufficio. All'interno, un uomo biondo sedeva dietro una scrivania. Era più giovane di quanto mi aspettassi, forse sulla quarantina. Maxim era seduto su una sedia di fronte alla scrivania e tirò indietro una sedia per me.

«Dov'è Maykl?» chiesi, improvvisamente spaventata per lui. Aveva subito qualche tipo di punizione per avermi lasciata andare? Se era così, non mi sarei mai perdonata.

«Siediti.» Ravil aveva imparato l'arte dell'imperiosità. Mi sforzai per calmare il mio battito mentre affondavo sulla sedia accanto a Maxim.

Avevo ancora addosso il cappotto di lana perché non mi sembrava giusto toglierlo. Non sapevo per quanto tempo sarei rimasta. O se ero la benvenuta e potevo mettermi comoda. Mi sedetti e aspettai che dicesse qualcosa, ma lui mi scrutò, quindi parlai io.

«Voglio aiutarti a catturare Stepanov.»

«Oh, ma io non lo prenderò» disse Ravil. «Lo ucciderò.»

Ignorai la pelle d'oca che mi corse sulle braccia. Che mi fece rizzare i peli sul collo. Non giustificavo l'omicidio. Ecco perché non avevo potuto sparare a Stepanov quando ne avevo avuto la possibilità. Ma non mi sentivo particolarmente critica riguardo al suo desiderio di porre fine all'uomo che aveva cercato di ucciderlo e di far saltare in aria il suo edificio.

Se non avessero avuto un preavviso, ogni occupante di questo edificio avrebbe potuto essere morto in questo momento.

«Posso chiamarlo e chiedergli aiuto. Se non stanno controllando l'edificio, potrebbero non sapere da che parte sto.»

«Perché dovresti fare questa cosa?» chiese Ravil.

Non c'era niente di amichevole nel suo viso. Aveva un'espressione di pietra, lo sguardo freddo. Strinsi le mie mani tremanti.

«Perché è colpa mia se sono entrati. Vi ho causato io questo problema e voglio risolverlo.»

«Stai lavorando con il vero FBI ora, forse?»

Certo, non si fidava di me. Quale motivo gli avevo dato di credere alla mia parola?

Scossi la testa. «No. Sono... Io sono con voi. Voglio dire...»

Gospodi, cosa volevo dire? Deglutii e cercai di ingoiare il groppo in gola. «La mia lealtà è qui con...»

«Con chi?»

«Con Maykl.» Mi si riempirono gli occhi di lacrime. «Dov'è? Davvero... È al sicuro?» Ravil sembrò soddisfatto. «È al sicuro» mi assicurò. Puntò la testa verso Maxim. «Portalo dentro.»

Mi alzai dalla sedia, con il fiato in gola. Un attimo dopo, Maxim ritornò con Maykl. Corsi da lui come se la notte passata separati fosse durata un milione di anni. No, era sembrata ancora più lunga. Ora sapevo come sarebbe stato vivere senza di lui, e sapevo che non lo volevo.

Non volevo tornare in Russia. Non volevo tornare alla mia vecchia, vuota vita. Non mi interessava nulla di tutto ciò.

Tutto quello che sapevo era che Maykl in qualche modo aveva riparato le cose in me che erano rotte. E sì, era responsabile di una di quelle ferite, ma sapevo che avrebbe fatto tutto il possibile per rimediare. E, alla fine, per quanto io amassi mio padre, aveva causato lui la sua morte. E aveva venduto Anya.

Volai verso Maykl, e lui mi avvolse con le braccia, tenendomi stretta.

«*Moya malen'kaya Valkiriya*» mormorò.

«Sistema le cose con lei» disse Ravil a Maykl. «Poi passiamo a Stepanov. Vai.»

* * *

Maykl

Non ci potevo credere. Kira era qui. Tra le mie braccia. Mi voleva ancora. La feci uscire dall'attico, in fretta e furia per portarla in un posto privato. Optai per le scale che portavano al tetto, dato che indossava il suo cappotto rosso. Prendendola per mano, la condussi fino al bordo del tetto dove le cullai il viso tra le mani. «Mi dispiace, Kira. Mi dispiace di essere stato io. Vorrei che fosse diverso. Vorrei sapere come superarlo.»

Mi tenne i polsi. «Sto bene. Io... non posso nemmeno dire che mi dispiace che sia successo. Perché se non fossi stato tu, non saresti mai stato nella bratva, e poi... qualcun altro avrebbe fatto la guardia a quella porta quando sono arrivata quella notte.»

Mi bruciavano gli occhi. «Dolce *Valkiriya*. Ci saremmo incontrati. Se non qui, là. In qualche modo. Eravamo destinati l'uno all'altra.»

«Sì.» Rise piena di lacrime. «Sì, ci saremmo incontrati.»

«Quindi...» Non sapevo come chiederlo. «Tu... rimarrai? Ti voglio, Kira. Non voglio lasciarti andare a casa. O che lasci questo edificio. O la mia vita. Per favore... Dimmi che rimarrai.»

Annuì. «Resto. Non ho nulla a cui tornare. Mika è qui negli Stati Uniti. Il mio lavoro era fasullo. Il mio capo è un criminale. La mia vita era vuota prima di incontrarti. Questo è un dato di fatto.»

La baciai, reclamandone le labbra morbide. Le mosse contro le mie con un gemito. Le afferrai la nuca per tenerla ferma, per approfondire il bacio. Ballammo lentamente mentre ci baciavamo, dondolando da un piede all'altro, girandoci lentamente l'un l'altro mentre ci separavamo e univamo di nuovo, ogni volta con un ritmo diverso. Morbido e significativo, poi intenso, pieno di passione, poi un lento assaporare.

«Ti amo.» Lo disse per prima, e sembrò che la mia vita finisse e iniziasse allo stesso tempo. Come se mi fossi buttato giù dall'edificio, e mi fossi messo a volare.

«Ti amo, piccola guerriera.»

Sollevò quegli occhi blu ghiaccio, e sorrise.

«Come sta tuo nipote?»

Sorrise ancora e annuì.

«Sta bene. È cresciuto. Sembra felice con Vlad e Alessia. Davvero felice. È una vita molto migliore di quella che Anya avrebbe potuto dargli. Non posso perdonarla per averlo abbandonato, ma forse è andata meglio così.»

«Come per noi» dissi sottovoce.

«Sì.» Mi abbracciò. «Come per noi.» Poi mi spinse verso la porta. «Dai. Fa freddo qui fuori.» «Sì. E Ravil ci sta aspettando.»

* * *

Kira

Maykl odiava l'idea che facessi da esca, ma potevo prendermi cura di me stessa. Avevo una pistola legata alla gamba.

Secondo Dima, l'hacker della bratva di Chicago, Stepanov non aveva lasciato il Paese. Sembrava che il suo telefono fosse stato distrutto, però. Avevo chiamato la linea dell'ufficio al lavoro e gli avevo lasciato un messaggio, dicendo che avevo bisogno di aiuto per tornare a casa perché il mio passaporto e le mie cose erano ancora al Cremlino.

Stepanov mi aveva richiamata e mi aveva chiesto dove fossi.

Gli avevo detto che mi trovavo nella casa dove era stato trovato il corpo di mia sorella. Mi era sembrata una cosa a cui avrebbe potuto credere, e quasi mi piacque l'idea di chiudere il cerchio nel luogo in cui tutto era iniziato a Chicago.

Ora mi trovavo sui gradini rotti della casa piena di graffiti. Una macchina nera si fermò. Le portiere non si aprirono. Nessuno uscì. Il che significava che i membri della bratva che si nascondevano nell'edificio per sparare, non sarebbero stati in grado di farlo.

Mi alzai e mi diressi verso l'auto, aprendo lo sportello.

Sentii la protesta silenziosa di Maykl da dietro le finestre sbarrate della casa. La bratva di Chicago stava aspettando lì, sperando di fare omicidi puliti in un quartiere dove nessuno parlava di attività criminali.

Andava tutto bene, però. Avevo un'arma, una trasmittente per l'audio e avevo una mezza dozzina di tracker su di me. Sapevo che Maykl e i suoi fratelli sarebbero stati proprio dietro di noi.

Salii sul sedile posteriore dell'auto, che decollò alla guida prima ancora che chiudessi la portiera.

«Grazie per essere venuto a prendermi.»

Stepanov era sul sedile posteriore. Mi perquisì alla ricerca di una pistola, ma non trovò quella nello stivale.

«Ho dormito qui la scorsa notte. Sono scappata dopo che te ne sei andato ieri sera.»

Feci un'espressione cupa e testarda. «Non tornerò indietro.»

«No? E il tuo amante? Non lo perdonerai?»

Non ero una grande attrice, ma attinsi alla rabbia genuina che avevo provato la scorsa sera. Lo shock e il tradimento che mi avevano scosso. «Mai.»

Ma incrociai le braccia sul petto. «Mi hai detto che stavo lavorando con l'FBI.»

«Una piccola bugia per garantire la vostra collaborazione» disse Stepanov. «Ma ho dei contatti lì, e stanno lavorando per trovare tuo nipote.»

Un'altra bugia, ne ero sicura.

«Ma stiamo lasciando il Paese in questo momento. Se vuoi venire con noi, questa è la tua unica possibilità.»

«Ma te l'ho detto, non ho un passaporto.»

«Non ne hai bisogno. Viaggiamo su aerei privati.»

Finsi di rilassarmi. «Bene.»

Speravo che Maykl l'avesse sentito e sapesse dove andare. Non ero sicura di credere davvero che sarei arrivata viva su quell'aereo. E anche se le intenzioni di Stepanov fossero state buone, non avevo intenzione di tornare in Russia con loro.

Sudai per il resto del viaggio. Nessuno fece conversazione, il che rese la situazione ancora più tesa.

Settanta minuti dopo raggiungemmo una pista di atterraggio privata dove stavano caricando delle casse su un aereo.

Stepanov scese senza dire una parola. Lo seguii.

Un uomo grosso con una fronte sovradimensionata stava davanti all'aereo, e io tirai un respiro sorpreso.

«Leonid Kuznetsov.»

Lo dissi ad alta voce, così che la bratva di Chicago potesse sentirlo. Avevo riconosciuto il capo del più grande ramo della bratva di Mosca.

Mi guardò. «Perché lei è qui?»

«Non riesce a perdonare il suo amante per quello che ha fatto. Torna in Russia con noi.» Stepanov mi mise una mano carnosa sulla nuca e quando il suo pollice scivolò su e giù, lo stomaco mi andò sottosopra. Ricordavo come mi avesse fatto delle avance in passato. Immaginavo che si aspettasse che lo avrei corrisposto ora.

Maiale disgustoso.

«È una tua responsabilità» disse Kuznets.

«Certo.» Stepanov mi scortò verso l'ingresso dell'aereo. Cominciai a farmi prendere dal panico. E se i ragazzi non fossero arrivati in tempo? Dovevo semplicemente limitare i danni e scappare? Avevo un'arma, ma non c'era modo di abbattere quattro uomini da sola. Inoltre, non ero io quella alla ricerca di vendetta. Non avevo bisogno di vedere questi uomini morti.

Avevo solo bisogno di farlo per Maykl. Per dimostrare la mia lealtà e ripulirmi la reputazione con la sua fratellanza. In quel modo avrei potuto essere accettata nella loro cerchia. «Devo usare il bagno» dissi, cercando di evitare di salire sull'aereo.

«Usa quello lì dentro.» Stepanov scosse il pollice verso la cabina.

Bliad.

Salii i gradini per salire sull'aereo e trovai il minuscolo bagno, mi ci chiusi dentro per formulare un piano.

* * *

Maykl

«Dove sono?» gridai, prendendo una curva a ottanta chilometri all'ora.

«Ho perso il segnale.»

Ero nella mia Ford Bronco con Adrian e Dima. Altri due veicoli carichi di soldati della bratva di Chicago sfrecciavano dietro di noi.

Stavo facendo del mio meglio per mantenere la calma. Per mantenere la testa concentrata. Perché dovevo trovare la mia ragazza prima che le accadesse qualcosa di terribile.

Non mi fidavo del fatto che Stepanov non l'avrebbe uccisa nel momento in cui si fosse trovato in un posto in cui poteva lasciare un corpo.

E lì fuori, nella zona industriale scarsamente popolata, sarebbe stato molto facile scavare una fossa o seppellire qualcuno nel cemento.

«Devono avere un disturbatore di segnale» brontolò Dima, scorrendo sul suo iPad. «Non ho niente. Ho perso tutte le informazioni GPS.»

Adrian indicò un punto davanti a noi. «Vedo una passerella. Deve esserci una pista di atterraggio privata laggiù.»

Inchiodai, facendo sterzare Oleg a destra dietro di me per evitare un tamponamento. Girando il volante, regolai la direzione e mi spostai a sinistra, nella direzione indicata da Adrian, poi premetti sull'acceleratore. Portai la Ford Bronco fino a centocinquanta chilometri l'ora, rallentando solo quando Adrian puntò a destra.

Girai intorno a una curva e accelerai verso un'area di capannoni industriali dove c'era un hangar. C'era un piccolo aereo in una pista. Intorno ad esso c'erano degli uomini che si muovono rapidamente, imballando casse nell'area di carico.

Quando uno di loro estrasse una pistola e sparò contro di noi, seppi che avevamo trovato il posto giusto. Lanciai la macchina in parcheggio mentre tutti e tre abbassavamo la testa per evitare di essere colpiti. Ruzzolammo fuori dalle portiere accovacciati, con le pistole spianate. Sparai sporgendomi dallo sportello e feci fuori due uomini.

Gli altri due veicoli si schierarono in formazione intorno a noi, formando una sorta di barricata. Le auto erano tutte a prova di proiettile.

Piovvero spari da entrambe le parti. I corpi caddero. Nessuno dei nostri.

Stavo scansionando l'area alla ricerca di Kira, terrorizzato che potesse finire in mezzo alla sparatoria.

Certo, sapeva come gestirsi. Sapeva di dover di stare giù. Oppure, avrebbe usato la sua arma, se non le era stata tolta.

Non aspettai che gli spari si fermassero. Corsi, lontano dalla sicurezza dei veicoli, verso l'aereo. Pregai per tutto il tempo di trovarci Kira dentro.

Viva.

Gospodi, doveva essere viva.

«Kuznets è mio» sentii ringhiare Ravil. Doveva averlo avvistato. Ancora non vedevo Kira da nessuna parte. Mi precipitai dietro una cassa per accovacciarmi, poi corsi verso le scalette dell'aereo proprio mentre sparavano un colpo all'interno.

Cazzo, no. *Kira!*

Ma, naturalmente, la mia piccola guerriera non stava facendo la parte della vittima. Teneva la pistola con entrambe le mani, le braccia dritte, uno sguardo di determinazione che brillava in quegli occhi blu cielo. Ai suoi piedi giaceva Stepanov, un bel foro di proiettile al centro della fronte.

«Kira!»

Tesi la mano per aiutarla a passare sopra il corpo del suo capo.

«Loro sono…»

Mi fermai ad ascoltare. Non c'erano spari. Nelle mie comunicazioni, Ravil gridava ordini come se avessimo vinto la battaglia.

«È finita» confermai, tirandomela brutalmente tra le braccia.

Grazie, cazzo, stava bene. Illesa. Di ritorno dove avrebbe dovuto essere: con me.

Ci sarebbe stato molto da fare. Adrian aveva il suo lavoro di pulitore da fare per la seconda volta in due giorni. Ma avevo bisogno di portare via Kira da lì.

«Ho il permesso di portare indietro Kira?» chiesi nella trasmittente.

«Concesso. Sta bene?» chiese Ravil.

«È al sicuro. Ha ucciso Stepanov» gli dissi, in modo che non mettesse mai più in dubbio la sua lealtà.

«Bene. Prenditi cura della tua donna» disse Ravil.

Toccai un lato del viso di Kira e ne accarezzai la pelle morbida con il pollice. «Ho intenzione di farlo.»

Si alzò in punta di piedi per stamparmi un fermo bacio di vittoria sulle labbra.

Tolsi la trasmittente dall'orecchio e la spensi. «Dai, mia bella *Valchiria*. Ho bisogno di portarti via di qui. Sono quasi morto pensando alle cose che avrebbero potuto farti.»

Le presi la mano, la feci scendere dall'aereo e la portai nella mia Bronco ancora fumante sull'asfalto.

Salii accanto a lei. Nel momento in cui ci ritrovammo soli insieme, fui soddisfatto.

Kira mi guardò e rise.

Sorrisi. «Che c'è?»

«Niente. Solo... leggerezza. Per la prima volta nella mia vita, ho la sensazione che tutto vada bene.»

Un senso di vittoria mi attraversò, sapendo di far parte di quella leggerezza.

«Mika è al sicuro e felice. Mia sorella è... Beh, è andata a riposare, se credi che sia così che funziona la morte. E la bratva di Chicago ha vinto la sua battaglia.»

«È tutto?»

Inarcò la fronte. Il suo sorriso si allargò. «No, non è tutto. Ci sei tu.»

«Io cosa?» chiesi subito.

«Sei mio.»

Misi in moto, nel disperato tentativo di portarla a casa e sotto di me. «Allora, mi tieni?» «Beh, tecnicamente, speravo che mi avresti tenuta tu. Vedi, io non ho un lavoro qui o altro.»

Emisi una leggera risatina di soddisfazione.

Sarebbe rimasta. Con me. Era mia, potevo tenerla. «*Valkiriya*, non ti lascerò mai andare.» Allungai la mano per afferrarle e tenerle la sua. «Dal primo momento in cui ti ho portata nel mio appartamento, stavo cercando un modo per tenerti lì per sempre.»

«Non dovrai nemmeno più usare nastro adesivo o fascette.»

«Potrei non doverlo fare, ma probabilmente lo farò ancora.»

«Promesso?»

CAPITOLO DICIOTTO

Kira

Maykl mi raggiunse nel momento in cui entrammo nel suo appartamento, mi tolse il maglione, mi sganciò il reggiseno.

Gli sbottonai i pantaloni e caddi in ginocchio. Le sue mani si aggrovigliarono tra i miei capelli.

«Ah, eccoci di nuovo qui. A chiudere il cerchio.»

«Uh-huh.» Liberai la sua erezione.

«Dimmi che sono l'unico uomo che hai sedotto in quel modo.»

Il tocco di Maykl divenne possessivo, le sue dita mi tirarono in avanti mentre lo prendevo in bocca. «Mmm hmm» mugugnai con il cazzo in bocca.

«Cazzo. Sei così sexy. Ma ho bisogno di sentirlo. Dimmelo, chiaramente, Kira.» Mi tirò i capelli per tirarmi via. «Sono l'unico?»

«Il mio primo e unico. Ma penso che in qualche modo lo sapessi…»

Si rilassò e mi fece scivolare il cazzo in bocca.

«Sì. Eri nervosa. Una miscela inebriante di audacia e innocenza.»

Gli risposi con una lunga lenta suzione dalla radice alla punta. Lui gemette, un piccolo brivido di piacere gli fece vibrare le gambe.

«Sapevo che eri un problema, ma non potevo farne a meno» confessò, il suo tocco alternava carezze e tira e molla aggressivi.

Feci roteare la lingua sul lato inferiore del cazzo mentre succhiavo, la mia testa ondeggiava, la mano stringeva alla base.

Mi impegnai molto per compiacerlo. Per fare in modo di scusarmi per tutto ciò che avevo fatto.

«Sei così bella. Cazzo.» Mi tirò fuori. «Ho bisogno di stare dentro di te.»

Mi afferrò gli avambracci e mi sollevò in piedi, poi mi appoggiò contro il bracciolo del suo divano. Le sue dita si mossero freneticamente per aprirmi i jeans e spingerli giù insieme alle mutandine.

Li sfilai dalle gambe, insieme alle scarpe mentre lui si toglieva gli stivali e li calciava via. Sollevò una delle mie ginocchia sul fianco e allineò il cazzo con il mio ingresso. Non mise il preservativo.

«Sei pulito?» chiesi.

Lui annuì.

«Anch'io.»

«Bene, perché ho bisogno di farlo entrare nudo» ringhiò. «Dimmi che non stai prendendo la pillola.» Si stava spingendo dentro.

«N-no» ansimai. Era così glorioso essere riempita da lui. Così soddisfacente. Questo era esattamente ciò che mi era mancato per tutta la vita. «Perché?»

«Perché voglio mettere i miei bambini dentro di te.» Si spinse dentro e fuori, inchiodandomi contro il divano, andando più a fondo di quanto avrei potuto immaginare possibile.

«Cosa?» Risi, bolle calde di piacere mi si sprigionavano e scoppiavano dal centro del busto fino al petto.

«Mi hai sentito.» Pompò i suoi fianchi contro i miei. «Ti sto rivendicando pienamente, *Valkiriya*. Ti riempirò con la mia sborra fino a quando non sarai gonfia e matura a causa di mio figlio, e anche allora non ti darò mai una pausa.»

Non sapevo se stavo raggiungendo l'orgasmo o ridendo. Immaginavo entrambi.

Il mio nucleo si strinse attorno al suo glorioso cazzo mentre mi tremava la pancia, e i versi di una felicità perfetta mi uscivano dalla gola.

«Lo vuoi, Kira?» chiese. Come sempre, era ancora attento. Nel controllare come avevo preso la cosa. Se ero d'accordo.

Pensai a Mika, così felice con i suoi nuovi genitori. Lui e la loro dolce bambina crescevano in quel cerchio d'amore. Non avevo mai avuto quel tipo di famiglia o di amore. Ora sapevo che anche se avevo pensato che mio padre fosse stato un padre decente, mi sbagliavo.

Aveva venduto Anya. Aveva cercato di vendere me.

Maykl probabilmente aveva fatto un favore al mondo ponendo fine alla sua vita. Ma Maykl? Sarebbe stato un padre straordinario. E io avrei fatto molto meglio di Anya. Avrei dato tutta me stessa a un bambino.

Mi misi a ridere e a piangere. «*Da*» affermai io. «Sì. Facciamo una famiglia.»

Maykl divenne feroce, si scatenò una tempesta di lussuria. Mi avvolse con un braccio dietro la schiena e mi colpì, spingendo il divano all'indietro ad ogni spinta brutale. Io tremai. Mi scossi. Gridai. Ero persa nel suo ritmo. In queste ondate di passione che ci trascinavano via entrambi. E poi ci riunimmo.

Probabilmente dei fulmini avevano colpito simultaneamente la città. Sicuramente la terra aveva rimbombato e si era crepata da qualche parte. Gli dei avevano fermato le loro chiacchiere in cielo per ascoltare e poi applaudire.

Mi illuminai come se fossi elettrizzata, stringendomi e contorcendomi contro il suo corpo che si piegava. E poi mi persi. Divenni molle. Una bambola di pezza.

Maykl si tirò fuori e mi sollevò tra le sue braccia, cadendo sul divano e sistemandomi sul suo corpo, le sue mani sul mio culo, le labbra sui miei capelli. «*Ya lyublyu tebya*» mormorò. «Anch'io ti amo.»

EPILOGO

Maykl

Eravamo su uno yacht sul lago Michigan. Io ero in smoking, come tutti i miei fratelli, in attesa sul ponte. Era una bella mattina di giugno, la brezza che soffiava sull'acqua ci manteneva abbastanza freschi, quindi non sudavamo nei nostri abiti da damerini.

Benjamin, il bambino di Ravil e Lucy, correva avanti e indietro lungo la ringhiera, rendendo Lucy nervosa, ma sembrava adorabile nel suo smoking in miniatura. Era lui a portare gli anelli.

Oleg sembrava quello più a disagio, come se da un momento all'altro avesse potuto allargarsi come l'incredibile Hulk e rompere il tessuto con i suoi muscoli. Flynn invece sembrava quello più a suo agio in smoking. Elegante, anche. La sua chitarra elettrica era collegata a un amplificatore e stava suonando una bellissima melodia di chitarra spagnola. Non era russo, né tecnicamente un fratello della bratva, ma aveva un posto d'onore con noi. Aveva ucciso per Nadja, la sorella di Adrian, così gli era stato permesso di tatuarsi la pelle per segnare il crimine.

Non era l'unico outsider sullo yacht. Una piccola folla di ospiti era arrivata e aveva preso posto sul ponte superiore dove si sarebbe svolta la cerimonia. Il capitano della nave arrivò sul nostro ponte e ci fece un cenno del capo, e Flynn finì la canzone e mise giù la chitarra per dopo. Lui e sua sorella e gli altri membri della band avrebbero curato l'intrattenimento dopo il matrimonio.

Gli uomini della bratva si misero in fila. Ravil e Maxim aprirono la strada, poi seguirono Oleg e Dima, Adrian e Pavel, Flynn e io. Nikolai seguì per ultimo. Aspettammo in cima alle scale che la musica ci desse il segnale, poi Ravil offrì un braccio per scortare Lucy lungo il corridoio, seguito da Maxim e Sasha, poi Oleg e Story, che era incinta, Dima e Natasha, Pavel e Kayla, Adrian e Kat, Flynn e Nadja.

Mi si ammorbidì lo sguardo nel momento in cui vidi la mia bella *Valchiria* e lei mi prese il braccio per camminare insieme lungo il corridoio. Stava iniziando a vedersi la pancia, era di diciotto settimane. Non era il nostro matrimonio. L'avevo sposata due settimane dopo averla riportata nel mio appartamento, non appena avevamo potuto mettere insieme i documenti per renderlo legale.

No, oggi era il matrimonio di Chelle e Nikolai.

Il fratello di Chelle, Zane, camminava lungo il corridoio dietro di noi seguito da Nikolai. Chelle voleva un vero matrimonio – un matrimonio americano – quindi eravamo qui, vestiti eleganti. Sperando che ci fosse poca azione per un giorno. Gli uomini si aprirono a ventaglio dietro allo sposo, le nostre belle donne disposte sul lato opposto.

Non riuscivo a distogliere lo sguardo da Kira, che era perfetta nell'abito verde acqua senza spalline, fatto su misura per fare spazio alla sua pancia in espansione.

«Mamma?» Benjamin si alzò incerto. La folla rise dolcemente e mormorò versetti adoranti. Lucy e Ravil fecero cenno al bambino, e lui fece tre passi lenti, poi corse per il resto della strada lungo il corridoio e tra le braccia di Ravil.

Lui lo prese in braccio e lo tenne mentre tutti si alzarono per il grande ingresso di Chelle. Nikolai si tirò il papillon quando la vide, chiaramente sopraffatto.

Fu una cerimonia dolce e breve con i voti che avevano scritto loro, e poi iniziò la festa.

La band si mise in moto. Lo champagne venne versato. Chelle e Nikolai circolavano tra la folla. Presi la mano di Kira e trovammo un punto contro la ringhiera per guardare insieme l'acqua.

«Adoro vivere su questo lago» mormorò Kira.

«Davvero?»

«Sì. Sembra che Anya sia sempre con me. La vera Anya, quella della mia infanzia che mi ha fatto ridere e si è presa cura di me.»

«Sono contento.» Le baciai la tempia. «Vorresti avere un matrimonio così?»

Kira si mise a ridere. «Io? Assolutamente no. Voglio dire, è stato bello, ma non ho bisogno di niente di tutto questo.»

«No.» Le scostai i capelli dal viso. «Sei una guerriera, non una principessa, vero?»

Lei sorrise e scosse la testa. «Basta con la guerra. Solo pace ora.»

Era vero. Sebbene Kira avesse ottenuto una posizione nel mio team per la sicurezza dell'edificio, trascorreva il suo tempo libero in attività più creative.

Imparare a lavorare la ceramica da Kat. Cucinare. Fare kickboxing e yoga.

Sembrava ogni giorno più felice, espandendo anche la mia capacità di esserlo. Di amare. E sì, di stare in pace.

Lei era il mio miglior fallimento come guardiano, aveva abbattuto tutte le mie difese, lasciandomi un segno indelebile nel cuore.

Non provocarmi

Non tentarmi

Non costringermi

Wolf Ridge High

Alfa Bullo

Alfa Cavaliere

Alfa ribelli

Tentazione Alfa

Pericolo Alfa

Un premio per l'Alfa

Una Sfida per l'alfa

Obsession Alfa

Desiderio Alfa

Guerra Alfa

Missione Alfa

Tormento Alfa

Segreto Alfa

La Preda dell'Alfa

Il sole dell'Alfa

La luna dell'Alfa

Sangue Alfa

La vergine e il vampiro

Wolf Ranch

Brutale

Selvaggio

Animalesco

Disumano

Feroce

Spietato

Due Segni

Indomita (gratuito)

Tentazione

Deseada

Sedotta

Padroni di Zandia

La sua Schiava Umana

La Sua Prigioniera Umana

L'addestramento della sua umana

La sua ribelle umana

La sua incubatrice umana

Il suo Compagno e Padrone

Cucciolo Zandiano

La sua Proprietà Umana

La loro compagna zandiana (gratuito)

L'AUTORE

L'autrice oggi bestseller negli Stati Uniti Renee Rose ama gli eroi alfa dominanti dal linguaggio sboccato! Ha venduto oltre un milione di copie dei suoi romanzi bollenti, con variabili livelli di erotismo. I suoi libri sono comparsi su *USA Today's Happily Ever After* e *Popsugar*. Nominata *Migliore autrice erotica da Eroticon USA* nel 2013, ha vinto come autrice antologica e di fantascienza preferita dello *Spunky and Sassy*, come miglior romanzo storico sul *The Romance Reviews* e migliore coppia e autrice di fantascienza, paranormale, storica, erotica ed ageplay dello *Spanking Romance Reviews*. È entrata dieci volte nella lista di *USA Today* con varie antologie.

Iscrivetevi alla newsletter di Renee per ricevere scene bonus gratuite e notifiche riguardo a nuove pubblicazioni!
https://www.subscribepage.com/reneeroseit

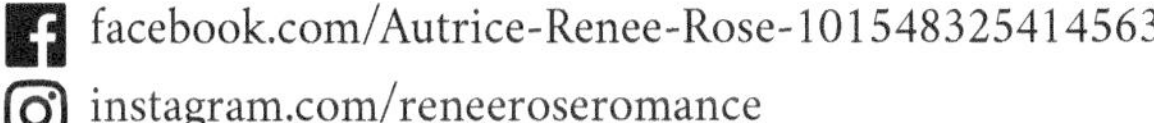

facebook.com/Autrice-Renee-Rose-101548325414563
instagram.com/reneeroseromance

www.ingramcontent.com/pod-product-compliance
Lightning Source LLC
Chambersburg PA
CBHW070644100726
47907CB00007B/2093